禹之鼎「女樂圖卷」(部分)——禹之鼎是韋小寶的同鄉，揚州人，比韋小寶大九歲，清初著名人物畫家，白描寫真，當時即譽為上品，據載：「一時名人小像，皆出其手。」傳世之作有詩人王漁洋、畫家王麓台等名人畫像。然無韋小寶畫像流傳後世，惜哉！

五台山殊相寺之文殊騎青獅像，高二丈八尺。

五台山顯通寺之銅殿

五台山顯通寺之無樑殿

五台山菩薩頂（前三人為喇嘛）

五台山塔院寺之白塔

五台山佛光寺大殿內之唐塑佛像及諸菩薩。

「康熙南巡圖」（部分）——圖卷篇幅甚巨，許多畫家合作而成，由著名畫家王翬主持其事。草稿事先得康熙批准。圖中一切細節均符合實情，相當於照相。穿紅衣者為大駕鹵簿，包括樂隊。

「康熙南巡圖」（部分）——鹵簿的一部分。皇帝所乘的車稱為「輅」，象背有寶瓶，意為「太平有象」。象與輅並不隨同出巡。

「康熙南巡圖」(部分)——皇帝的御林軍，鑲黃旗親軍。

「康熙南巡圖」(部分)——皇帝的御林軍，正白旗親軍。右下角是送行的官員。

「康熙南巡圖」(部分)——黃羅傘下的即康熙。康熙其時三十六歲，畫家把他畫得年紀略大，留短鬚，表示英明練達。其後為親信侍衛首領，三人穿黃馬褂，最接近之少年似為韋小寶。

「康熙南巡圖」(部分)——緊隨在康熙身後的御前侍衛，紅纓槍上懸有豹尾，稱為「豹尾班」。以上六圖均採自《紫禁城》月刊。

大字版

鹿鼎記

金庸

⑤少林風波

大字版金庸作品集㊿

鹿鼎記 (5)少林風波 「公元2006年金庸新修版」

The Duke of the Mount Deer, Vol. 5

作　　者／金　庸

封面設計／唐壽南　內頁插畫／姜雲行

發　行　人／王　榮　文
出版・發行／遠流出版事業股份有限公司
臺北市中山北路一段11號13樓
電話／25710297　傳真／25710197　郵撥／0189456-1

□2006年10月1日　初版一刷
□2022年3月16日　二版四刷

大字版　每冊380元（本作品全十冊，共3800元）
〔另有典藏版共36冊（不分售），平裝版共36冊，新修版共36冊，新修文庫版共72冊〕

ISBN　978-957-32-8144-3（套：大字版）
ISBN　978-957-32-8138-2（第五冊：大字版）
Printed in Taiwan

YLib 遠流博識網
http://www.ylib.com　E-mail:ylib@ylib.com

目錄

韋小寶伸手啪啪兩個耳光，當胸一拳，右足橫掃，公主又即跌倒。他跳將上去，倒騎在她背上，雙拳便如擂鼓，往她腿上、屁股上用力打去，大罵：「臭小娘，老子打死了你！」

第二十一回　金剪無聲雲委地　寶釵有夢燕依人

不一日，海船到達秦皇島，棄船登岸，到了北京。

韋小寶道：「我要想法子混進皇宮去，可不知那一天方能得手，大夥兒須得先找個安身之所。」命陸高軒去租了一所住宅，是在宣武門頭髮胡同，甚是淸靜，一行人搬了進去。

安頓已畢，韋小寶獨自出來，到甜水井胡同天地會的落腳處去一看，見住客已換了個茶葉商，打著會中切口問了幾句，那人瞠目不知，顯是會中已搬了地址。再踱去天橋，心想八臂猿猴徐天川就算也給逼著入了神龍敎，不在天橋，會中其餘兄弟高彥超、樊綱、錢老本等或許可以撞上。那知在天橋來回踱了幾轉，竟見不到一人。

當下來到西直門上次回京住過的如歸客棧，取出三兩銀子，拋在櫃上，說要一間上房。掌櫃見他出手闊綽，招呼得十分恭敬。韋小寶又取五錢銀子，塞進店小二手裏，仍要上次住過的那間天字第三號上房，碰巧這房並無住客，店小二算是白賺了五錢銀子。韋小寶喝了杯茶，躺在炕上閉目養神，聽得四下無聲，拔出匕首，撬開牆洞，順治皇帝交給他的那部經書好端端的便在洞裏。他打開油布，檢視無誤，將磚塊塞回牆洞。胖頭陀已成自己下屬，不必再叫侍衛來護送經書，於是把經書揣入懷中，逕向禁城走去。

走到宮外，守門侍衛見一個少年穿著平民服色，直向宮門走來，喝道：「小傢伙，幹甚麼的？」韋小寶笑道：「你不認識我麼？我是宮裏的桂公公。」那侍衛向他仔細一看，認了出來，果眞是皇上身邊的大紅人桂公公，忙滿臉堆笑，說道：「桂公公，你穿了這身衣服，嘻嘻。」韋小寶笑道：「皇上差我去辦一件要緊事，趕著回話，來不及換衣服了。」那侍衛道：「是，是。桂公公紅光滿面，這趟差事定然順手得很，皇上定有大大賞賜。」

韋小寶回到自己住處，換了太監服色，將經書用塊舊布包了，逕到上書房來見皇帝。

康熙聽得小桂子求見，喜道：「快進來，快進來。」韋小寶快步走進，見康熙站在內書房門口，喜孜孜的道：「他媽的，小桂子，快給我滾進來，怎麼去了這麼久？」這「他媽的」三字，他只在韋小寶面前才說，已彆得甚久。

韋小寶跪下磕頭，說道：「恭喜皇上，天大之喜！」

康熙一聽，便知父皇果然尚在人世，心頭一陣激盪，身子晃了幾下，伸手扶住門框，說道：「進來慢慢的說。」胸口一酸，險些掉下淚來。

韋小寶走進內書房，回身將房門關了，上了門閂，在四周書架後巡了一趟，不見另有侍候皇帝的太監，才低聲道：「皇上，我在五台山上見到了老皇爺。」

康熙緊緊抓住他手，顫聲道：「父皇……果然在五台山出了家？他……他說甚麼？」

韋小寶於是將在清涼寺中如何會見老皇爺，如何青海的喇嘛意圖加害，自己如何奮勇救護，拚命保駕，如何幸得少林十八羅漢援手等情一一說了。這件事本已十分驚險，在他口中說來，自然又多加了三分，自己的忠心英勇，那更是足尺加五。只聽得康熙手中揑了把汗，連說：「好險，好險！」又道：「咱們即刻派一千名護衛上山，加意衛護。」

韋小寶搖頭道：「老皇爺多半不願意。」於是又將順治的言語一一轉述。

康熙聽父親叫自己不用去五台山相會，又讚自己：「他是好皇帝，先想到朝廷大事，可不像我……」這幾句話，忍不住放聲哭了出來，哭道：「我一定要去，一定要去！」

韋小寶待他哭了一會，取出經書，雙手呈上，說道：「老皇爺要我對你說：『天下事須當順其自然，不可強求。能給中原蒼生造福，那是最好。倘若天下百姓都要咱們走，那麼咱們從那裏來，就回那裏去。』老皇爺又要我對你說：『要天下太平，「永不加賦」四字，務須牢牢緊記。他能做到這四字，便是對我好，我便心中歡喜。』」

康熙怔怔聽著，眼淚撲簌簌的流在包袱之上，雙手發抖，接了過去，打開包袱，見是一部《四十二章經》，翻了開來，第一頁寫著「永不加賦」四個大字，筆致圓柔，果是父親親筆，嗚咽道：「父皇訓示，孩兒決不敢忘。」

他定了定神，細細詢問順治身子是否安康，現下相貌如何，在清涼寺中是否清苦之極。韋小寶一一據實稟告。康熙一陣傷心，又大哭起來。

韋小寶靈機一動：「他媽的，我也陪他大哭一場，他給我的賞賜一定又多了許多，反正眼淚又不用錢買。」說哭便哭，抽噎了幾下，眼淚長流，嗚嗚咽咽的哭得淒慘之極。康熙雖然悲痛難忍，哭泣出聲，但自念不可太失身分，因此不住強自抑制。韋小寶卻有意做作，竟然號啕大哭。這件本事，他當年在揚州之時，便已十分拿手，母親的毛竹板尚未打上屁股，他已哭得驚天動地，而且並非乾號，而是貨眞價實的淚水滾滾而下，旁人決難辨其眞僞。

康熙哭了一會，收淚問道：「我想念父皇，因而哭泣，你卻比我哭得還要傷心，那爲甚麼？」韋小寶道：「我見你哭得傷心，又想起老皇爺溫和慈愛，對我連聲稱讚，說我不顧性命的保駕，很喜歡我，心中更加難過了。」一面說，一面嗚咽不止，又道：「若不是我知你掛念，趕著回來向你稟報，眞想留在五台山上服侍老皇爺，也免得他給壞人欺侮。」

康熙道：「小桂子，你很好，我一定重重有賞。」

韋小寶眼淚仍不斷流下，抽抽噎噎的道：「皇上待我已經好得很，我也不要甚麼賞賜了，只盼老皇爺平安，我們做奴才的就快活得很了。」他在神龍島上走了這一遭，耳聽得人人高呼「教主仙福永享，壽與天齊」，絲毫不以爲恥，由此臉皮練得更厚，拍馬屁的功夫大有長進，但教討人歡喜，言語不妨大大誇張。

康熙信以爲眞，說道：「我也眞躭心父皇沒人服侍。你說那行顛和尚莽莽撞撞，父皇身邊沒個得力的人，好教人放心不下。小桂子，難得父皇這樣喜歡你……」韋小寶聽到這裏，張大了口合不攏來，心裏暗暗叫苦：「啊喲，啊喲！這次老子要倒大霉，老子吹牛吹得過了份。」

只聽康熙續道：「……本來嘛，我身邊也少不了你。不過做兒子的孝順父親，手邊有甚麼東西，總是挑最好的孝敬爹爹。你是我最得力的手下，年紀雖小，卻十分能幹，對我父子都忠心耿耿……」韋小寶心中大叫：「乖乖龍的東，我的媽呀！你派老子去五台山陪老和尚，寧可叫我坐牢。」

果然聽得康熙說道：「這樣罷，你上五台山去，出家做了和尚，就在淸涼寺中服侍我父皇……」韋小寶聽得局勢緊急，不但要陪老和尚，自己還得做小和尚，大事之不妙無以復加，不等他說完，忙道：「服侍老皇爺是好得很，要我做和尚，這個……我可不幹！」

康熙微微一笑，說道：「也不是要你永遠做和尚。只不過父皇既一心淸修，你也做了和尚，服侍起來方便些。將來……將來……你要還俗，自也由得你。」言下之意，是說日後順治老了，圓寂歸西，你不做和尚，誰也不會加以阻攔。

饒是韋小寶機變百出，這時卻也束手無策，他雖知小皇帝待自己甚好，但旣出口差遣，倘若堅不奉旨，不但前功盡棄，說不定皇帝一翻臉，立即砍了自己腦袋，可不是好玩的，哭喪著臉道：「我……我可又捨不得你……」哇的一聲，哭了出來，這一次卻半點不假，千眞萬確，乃是眞哭，只不過並非爲了忠君愛主，實在是不願去當小和尚。

康熙大爲感動，輕拍他肩頭，溫言道：「這樣罷，你去做幾年和尚，服侍我父皇，然後我另行派人來，接替你回到我身邊，豈不是好？父皇不許我去朝見，我卻非去不可。那時候你又可見到我了，也不用隔多久。小桂子，你乖乖的聽我吩咐，將來我給你一個好官做。」眼見韋小寶哭個不住，安慰他道：「你在廟裏有空，就讀書識字，以便日後做官，做個大官。」

韋小寶心想：「將來做不做大官，管他媽的，眼前這個小和尚怕是當定了。」轉念一想：「我到得五台山上，胡說八道一番，哄得老皇爺放我轉來，也非難事。只說小皇帝沒我服侍，吃不下飯，這次離開他一兩個月，便瘦了好幾斤，老皇爺愛惜兒子，定然命我回宮。」此計一生，便即慢慢收了哭聲，說道：「你差我去辦甚麼事，原是赴湯蹈火，在所不辭。別說去做和尚，就是烏龜王八蛋，那也做了。皇上放心，我一定盡心竭力，服侍老皇爺，讓他老人家身子康強，長命百歲，還有……仙福永享，壽與天齊。」

康熙大喜，笑道：「你出京幾個月，居然學問也長進了，成語用得不錯。怎地在五台山上躭了這麼久？不容易見到老皇爺，是不是？」

韋小寶心想神龍島之事，還是不提為妙，答道：「是啊，清涼寺的住持方丈，還有那位玉林老法師，說甚麼也不肯認廟裏有老皇爺，我又不好點破，只得在山上一座座廟裏轉來轉去的做法事，今天到顯通寺去打醮，明天又到佛光寺放燄口。五台山幾千個大和尚小和尚，我少說也識得了一千有零。若不是那些惡喇嘛來囉唕老皇爺，只怕我今天還在布施僧衣齋飯呢。」

康熙笑道：「你這下可破費不少哪！花了的銀子，都到內務府去領還罷。」他也不問數目，心想韋小寶立了大功，又肯去做小和尚，他愛開多少虛頭，儘可自便。

不料韋小寶道：「不瞞皇上說，上次你派我去抄鰲拜的家，奴才是很有點兒好處的。當時不好意思跟你稟報。這次去五台山，見到老皇爺，受了他老人家的教訓，明白對皇上甚麼壞事都不可做，於是把先前得的銀子，都布施在廟裏了，也算是奴才幫皇上積些陰德，盼望菩薩保祐，老皇爺和皇上早日團圓。這筆錢本來是皇上的，不用再領了。」心想你父子早日團圓，我也可少做幾天小和尚；同時有了這番話，日後如果有人告發，說我抄鰲拜家時吞沒巨款，此刻也已有了伏筆：「我早代你布施在五台山上啦，還追問甚麼？」

康熙一聽，更加歡喜，連連點頭，問道：「五台山好不好玩？」

韋小寶便說了些五台山上的風景。康熙聽得津津有味，說道：「小桂子，你先去，我不久就來。咱們總得想法子迎接父皇回宮，他老人家倘若一定不肯還俗復位，那麼在宮裏清修，也是一樣。」韋小寶搖頭道：「那怕難得緊……」

忽聽得書房門外靴聲橐橐，一個清脆的女子聲音叫道：「皇帝哥哥，你怎麼還不來跟我比武？」說著砰砰幾聲，用力推門。康熙臉露微笑，道：「開了門。」

韋小寶心想：「這是誰？難道是建寧公主？」走到門邊，拔下門閂，打開房門。一個身穿大紅錦衣的少女一陣風般衝進來，說道：「皇帝哥哥，我等了你好久，你老是不來，怕了我啦，是不是？」韋小寶見這少女十五歲左右年紀，一張瓜子臉兒，薄薄的嘴唇，眉目靈動，頗有英氣。

康熙笑道：「誰怕了你啦？我看你連我徒兒也打不過，怎配跟我動手。」那少女奇道：「你收了徒兒，那是誰？」康熙左眼向韋小寶一眨，說道：「這是我的徒兒小桂子，他的武功是我一手所傳。快來參見師姑建寧公主。」

韋小寶心想：「果然是建寧公主。」他知老皇爺共生六女，五女夭殤，只有這位公主成長（按：建寧公主其實是清太宗之女、順治之妹，是康熙的姑姑。建寧長公主的封號也要到康熙十六年才封。順治的女兒和碩公主是康熙之姊，下嫁鰲拜之姪。但稗官小說不求事事與正史相合，請學者通人鑒原），是皇太后親生。韋小寶怕了皇太后，平時極少行近慈寧宮，公主又甚少到皇帝書房來，因此直至今日才得見到。他聽了康熙的話，知是他兄妹鬧著玩，便即湊趣，笑嘻嘻的上前請安，說道：「師姪小桂子叩見師姑大人，師姑萬福金……」

建寧公主嘻嘻一笑，突然間飛起一腳，正中韋小寶下頦。這一腳踢來，事先竟沒半點朕兆，韋小寶又屈了一腿，躬身在她足邊，卻那裏避得開？他一句話沒說完，下巴上突然給重重踢了一腳，下顎合上，登時咬住了舌頭，只痛得他「啊」的一聲，大叫出來，嘴巴開處，鮮血流了滿襟。

康熙驚道：「你……你……」建寧公主笑道：「皇帝哥哥，你的徒兒功夫膿包之極，我踢一腳試試他本事，他竟然避不開。我瞧你自己的武功，也不過如此了。」說著格格而笑。

韋小寶大怒，心中不知已罵了幾十句「臭小娘皮，爛小娘」，可是身在皇宮，公主究是主子，又怎敢罵出一個字來？

康熙慰問韋小寶：「怎麼？舌頭咬傷了？痛得厲害麼？」韋小寶苦笑道：「還好，還好！」舌頭咬傷，話也說不清楚了。

建寧公主學著他口音，道：「還好，還好，性命丟了大半條！」又笑了起來，拉住康熙的手道：「來，咱們比武去。」

先前太后教康熙武功，建寧公主看得有趣，纏著母親也教，太后點撥了一些。她見母親敷衍了事，遠不及教哥哥那樣用心，要強好勝，便去請宮中的侍衛教拳。東學幾招，西學幾式，練得一兩年下來，竟也小有成就。前幾日剛學了幾招擒拿手，和幾名侍衛試招，大家當然相讓，個個裝模作樣，給小公主摔得落花流水。她知衆侍衛哄她高興，反而不喜，便去約皇帝哥哥比武。康熙久不和韋小寶過招，手腳早已發癢，御妹有約，正好打上一架。

兩人在小殿中動起手來。康熙半眞半假，半讓半不讓，五場比試中贏了四場。建寧公主氣不過，又去要母親教招。太后重傷初愈，精神未復，將她攆了出來。她只得再找侍衛，又學了幾招擒拿手，約好了康熙這天再打。

不料韋小寶回宮，長談之下，康熙早將這場比武之約忘了。他得到父皇的確訊，悲喜交集，心神恍惚，那裏還有興致和妹子玩鬧，說道：「此刻我有要緊事情，沒空跟你玩，你再去練練罷，過幾天再比。」

建寧公主一雙彎彎的眉毛蹙了起來，說道：「咱們江湖上英雄比武，死約會不見不散，你不來赴約，豈不讓天下好漢恥笑於你？你不來比武，那就是認栽了。」這些江湖口吻，都是侍衛們教的。

康熙道：「好，算我栽了。建寧公主武功天下第一，拳打南山猛虎，足踢北海蛟龍。」建寧公主笑道：「足踢北海毛蟲！」飛起一腳，又向韋小寶踢來。

韋小寶側身閃避，她這一腳就踢了個空。她眼見皇帝今天是不肯跟自己比武的了，侍衛們身材魁梧，倘若眞打，自己定然打不過，這個小太監年紀高矮都和自己差不多，身手又甚靈活，正好拿來試招，說道：「好！你師父怕了我，不敢動手，你跟我來。」

康熙向來喜歡這活潑伶俐的妹子，不忍太掃她興，吩咐韋小寶：「小桂子，你去陪公主玩玩，明日再來侍候。」

建寧公主突然叫道：「皇帝哥哥，看招！」握起兩個粉拳，「鐘鼓齊鳴」，向康熙雙太陽穴打去。康熙叫道：「來得好！」舉手一格，轉腕側身，變招「推窗望月」，在她背上輕輕一推。公主站立不定，向外跌了幾步。

韋小寶嗤的一聲笑。公主老羞成怒，罵道：「死太監，笑甚麼？」一伸手，抓住了他右耳，將他拖出書房。韋小寶若要抵擋閃避，公主原抓他不住，但終究不敢無禮，只得任由她扭了出去。

建寧公主扭住他耳朶，直拉過一條長廊。書房外站著侍候的一大排侍衛、太監們見了，無不好笑，只是忌憚韋小寶的權勢，誰也不敢笑出聲來。

韋小寶道：「好啦，快放手，你要到那裏，我跟著你去便是。」

公主道：「你這橫行不法的大盜頭子，今日給我拿住了，豈可輕易放手？我先行點了你的穴道再說。」伸出食指，在他胸口和小腹重重戳了幾下。她不會點穴，這幾下自然是亂戳一氣。韋小寶大叫：「點中穴道啦！」一交坐倒，目瞪口呆，就此不動。

公主又驚又喜，輕輕踢了他一腳，韋小寶毫不動彈。公主道：「起來！」韋小寶仍然不動。公主還道自己誤打誤撞，當眞點中了他穴道，道：「我來給你解穴！」提足在他後腰一踢。韋小寶心道：「這臭小娘解不開我的穴道，還要再踢。」當下「啊」的一聲，跳了起來，說道：「公主，你的點穴本領當眞高明，只怕連皇上也不會。」公主笑道：「你這小太監奸猾得很，我幾時會點穴了？」但見他善伺人意，也自歡喜，說道：「跟我來！」

韋小寶跟隨著她，來到他和康熙昔日比武的那間屋子。公主道：「閂上了門，別讓人來偷拳學師。」韋小寶一笑，心道：「憑你這點微末功夫，有誰來偷拳學師了！」當即依言關門。公主拿起門閂，似是要遞給他，突然之間，韋小寶耳邊嘭的一聲，頭頂一陣劇痛，就此人事不知。

待得醒轉，睜眼只見公主笑吟吟的叉腰而立，說道：「窩囊廢的，學武之人，講究眼觀六路，耳聽八方。我打你這一下，你怎不防備？還學甚麼武功？」韋小寶道：「我……我……」只覺頭痛欲裂，忽然左眼中濕膩膩的，睜不開來，鼻中聞到一股血腥味，才知適才已給這一門閂打得頭破血流。

公主一擺門閂，喝道：「有種的，快起身再打。」呼的一聲，又一閂打在他肩頭。韋小寶「啊」的一聲，跳起身來。公主揮門閂橫掃，掠他腳骨。韋小寶側身閃避，伸手去奪門閂。公主叫道：「來得好！」門閂挑起，猛戳他胸口。韋小寶向左避讓，不料那門閂翻了過來，砰的一聲，重重打中了他右頰。

韋小寶眼前金星亂冒，踉蹌幾步。公主叫道：「你這綠林大盜，非得趕盡殺絕不可。」門閂猛力橫掃，韋小寶撲地倒了。

公主大喜，舉門閂往他後腦猛擊而下。韋小寶只聽得腦後風聲勁急，大駭之下，身子急滾，砰的一聲，門閂打上地面。公主大叫：「啊喲！」這一下使力太重，震得虎口劇痛，大怒之下，在他腰間重重一腳。韋小寶叫道：「投降，投降！不打了！」公主舉門閂擊落，這一下打中他小腹，啪的一聲，幸好打中在他懷中所藏的五龍令上，韋小寶剛欲躍起，又摔了下來。公主一閂又一閂，怒罵：「你這死太監，我要打你，你敢閃開？」

公主力氣雖不大，但出手毫不容情，竟似要把他當場打死。韋小寶驚怒交集，奮力轉身躍起。公主舉門閂迎面打來，韋小寶左手擋格，喀喇一響，臂骨險斷。他心念急轉：「公主明明不是跟我鬧著玩，幹麼要打死我？啊！是了，她受了皇太后囑咐，要取我性命！」

一想到此節，決不能再任由她毆打，右手食中兩根手指「雙龍搶珠」，疾往公主眼中戳去。公主「啊喲」一聲，退了幾步。韋小寶左足橫掃，公主撲地倒了，大叫：「死太監，你眞打麼？」韋小寶夾手奪過門閂，便要往她頭頂擊落，只見她眼中露出又恐懼、又惱怒的神色，心中一驚：「這是皇宮內院，我這一門閂打下去，那是大逆不道之事，除非將她殺了，用化屍粉化去，否則後患無窮。」這麼一遲疑，手中高舉的門閂便打不下去。

公主罵道：「死太監，拉我起來。」韋小寶心想：「她眞要殺我，可也不容易。」當即伸左手拉她起身。公主道：「你武功不及我，只不過我不小心絆了一交而已。剛才你已叫過投降，怎地又打？男子漢大丈夫，怎麼不守武林規矩？」

韋小寶額頭鮮血淋漓，迷住了眼睛，伸袖子去擦。公主笑道：「你打輸了，沒用的東西。來，我給你擦擦血。」從懷中取出一塊雪白手帕，走近幾步。韋小寶退了一步，道：「奴才可不敢當。」公主道：「咱們江湖上英雄好漢，須當有福共享，有難同當。」便用手帕去抹他臉上血漬。韋小寶聞到她身上一陣幽香，心中微微一蕩，此時兩人相距甚近，見到她一張秀麗的面龐，皮色白膩，心想：「這小公主生得好俊！」

公主道：「轉過身來，我瞧瞧你後腦的傷怎樣。」韋小寶依言轉身，心想：「先前我可多疑了，原來小公主真是鬧著玩的，只不過她好勝心強，出手不知輕重。」公主伸手輕輕撫摸他後腦傷處，笑問：「痛得厲害麼？」韋小寶道：「還好……」

突然之間，韋小寶背心一陣劇痛，腳下給她一勾，俯跌在地。原來公主悄悄取出藏在小蠻靴中的短刀，冷不防的忽施偷襲，左足踏住他背脊，提刀在他左腿右腿各戳一刀，笑道：「痛得厲害麼？你說『還好』，那麼再多戳幾刀。」

韋小寶大駭，暗叫：「老子要歸位！」背上有寶衣護身，短刀戳不進去，腿上這兩刀也非重傷，卻已痛得他死去活來，想要施展洪夫人所教的第二招「小憐橫陳」脫身，一來先受了傷，沒了氣力，二來這一招並未練熟，出力一掙，想要從她胯下鑽到她背後，但行動太慢，身子甫動，屁股上又吃了一刀，只聽她格格笑道：「痛得厲害麼？」

韋小寶道：「厲害之極了。公主武功高強，奴才不是你老人家的對手。江湖上的好漢、大英雄，捉住了人，一定饒他性命。」公主笑道：「死罪可恕，活罪難饒。」蹲身便坐在他屁股上，喝道：「你動一動，我便一刀殺了你。」韋小寶道：「奴才半動也不動。」可是公主剛好坐在他傷口上，痛得不住呻吟。

公主解下他腰帶，將他雙足縛住，用刀割了他衣襟，又將他雙手反剪縛住，笑道：

「你是我的俘虜，咱們來練一招功夫，叫做……叫做『諸葛亮七擒孟獲』。」滿清皇族人人對三國故事十分熟悉，《三國演義》她已看過三遍。韋小寶看過這戲，忙道：「是，是，諸葛亮擒孟獲七擒七縱，建寧公主擒小桂子，只消一擒一縱。你一放我，我就不反了。你比諸葛亮還厲害七倍。」公主道：「不成！諸葛亮要火燒籐甲兵。」

韋小寶嚇了一跳，忙道：「奴才不……不穿籐甲。」公主笑道：「那麼燒你衣服也一樣。」韋小寶大叫：「不行，不行！」公主怒道：「甚麼行不行的？諸葛亮要燒便燒，籐甲兵不得多言。」見桌上燭台旁放著火刀火石，當即打燃了火，點了蠟燭。韋小寶叫道：「諸葛亮並沒燒孟獲。你燒死了我，你就不是諸葛亮，你是曹操！」

公主拈起他衣角，正要湊燭火過去點火，忽然見到他油光烏亮的辮子，心念一動，便用燭火去燒他辮尾。

頭髮極易著火，一經點燃，立時便燒了上去，嗤嗤聲響，滿屋焦臭。韋小寶嚇得魂飛天外，大叫：「救命，救命，曹操燒死諸葛亮啦！」

公主握著他辮根，不住搖晃，哈哈大笑，道：「這是根火把，好玩得緊。」

轉眼間火頭燒近，公主放脫了手。韋小寶頃刻間滿頭是火，危急中力氣大增，一彈而起，挺頭往公主懷裏撞去。公主「啊喲」一聲，退避不及，韋小寶已撞上她小腹，頭上火燄竟然熄滅。公主雙手撲打衣衫上焦灰斷髮，只覺小腹疼痛，又驚又恐，提足在韋小寶頭上亂踢。踢得幾下，韋小寶已暈了過去。

迷糊中忽覺全身傷口劇痛，醒了過來，發覺自己仰躺在地，胸口袒裸，衣衫、背心、內衣竟都給解開了，公主左手抓著一把白色粉末，右手用短刀在他胸口割了一道三四分深的傷口，將白粉撒入傷口。韋小寶大叫：「你幹甚麼？」

公主笑道：「侍衛說，他們捉到了強盜惡賊，賊人不招，便在他傷口裏加上些鹽，痛得他大叫救命，那就非招不可。因此我隨身帶得有鹽，專爲對付你這等江洋大盜。」韋小寶但覺傷口中陣陣抽痛，大叫：「救命，救命，我招了！」公主嘻嘻一笑，說道：「你這膿包，這麼快便招，有甚麼好玩？你要說：『老子今日落在你手裏，要殺要剮，皺一皺眉頭的不是好漢。』我再割你幾道傷口，鹽放得多些，你再求饒，那才有趣哪。」

韋小寶大怒，罵道：「他媽的，你這臭小娘……喂喂，我不是罵你，我……我不是好漢，我招啦，我招啦！」

公主嘆了口氣，要將鹽末丟掉，轉念一想，卻將鹽末都撒入他傷口，正色道：「我是建寧派掌門人，武功天下第一，擒住了你這無惡不作的大盜……」韋小寶道：「好，好，我是江洋大盜，今日藝不如人，給武功天下第一的建寧派掌門人擒住，有死無生。江湖上道得好：殺人不過頭點地。在下既然服了，也就是了。」公主聽他滿口江湖漢子的言語，與張康年等侍衛說給她聽的相同，心中就樂了，讚道：「這才對啦，既然要玩，就該玩得像。」

韋小寶心中「臭小娘、爛小娘」的痛罵，全身傷口痛入了骨髓，一時捉摸不到她到底是奉太后之命來殺死自己，還是不過模擬江湖豪客行徑，心想這臭小娘下手如此毒辣，就算不過拿我玩耍，老子這條命還是得送在她手裏，忽然想起當日恐嚇沐劍屏這條計策頗有效驗，小姑娘們都怕鬼，當下強忍疼痛，說道：「老子忽然之間又不服了。掌門老師，你如有種，就放了我，咱們再來比劃比劃。你要是怕老子武功高強，不敢動手，那就一刀將我殺了。我變了冤魂，白天跟在你背後，晚上鑽入你被窩，叉住你脖子，吸你的血……」

公主「啊」的一聲大叫，顫聲道：「我殺你幹麼？」韋小寶道：「那麼快放我！」公主道：「不放！死太監，你嚇我。」拿起燭台，用燭火去燒他臉。

燭火燒上臉，嗤的一聲，韋小寶吃痛，向後一仰，右肩奮力往她手臂撞去。公主手臂一動，燭台落地，燭火登時熄了。她大怒之下，提起門閂，又夾頭夾腦向他打去。韋小寶疼痛難當，害怕之極：「這次再也活不成了。」大叫一聲：「我死了！」假裝死去，再也不動。

公主怒道：「你裝死！快醒轉來，陪我玩！」韋小寶毫不動彈。公主輕輕踢了他一腳，見他絲毫不動，柔聲道：「好啦，我不打你了，你別死罷。」韋小寶心想：「我死都死了，怎能不死？狗屁不通！」

公主拔下頭髮上的寶釵，在他臉上、頸中戳了幾下，韋小寶忍痛不動。

公主柔聲道：「求求你，你……別嚇我，我……我不是想打死你，我只是跟你比武打架，大家玩兒，誰教你……誰教你這樣膿包，打不過我……」突然察覺到韋小寶鼻中有輕微的呼吸之聲，她心中一喜，伸手去摸他心口，只覺一顆心兀自跳動，笑道：「死太監，原來你沒死。這一次饒了你，快睜開眼來。」

韋小寶仍然不動。公主卻不再上他當了，喝道：「我挖出你的眼珠，教你死後變成個瞎鬼，找不到我。」拿起短刀，將刀尖指到他右眼皮上。韋小寶大驚，一個打滾，立即滾開。

公主怒道：「壞小鬼頭，你又來嚇我。我……我非刺瞎你眼睛不可。」跳將過去，伸足猛力踏住他胸口，舉刀往他右眼疾戳下去。

這一下可不是假裝，她和身猛刺，刀勢勁急，不但要戳瞎他眼睛，勢必直刺入腦。韋小寶雙腿急曲，膝蓋向她胸口撞去，啪的一聲，公主身子一晃，軟軟摔倒。

韋小寶大喜，彎了身子，伸手拔出靴筒中匕首，先割開縛住雙腳的腰帶，一站起身，便在公主頭頂上重重踢了一腳，教她一時不得醒轉，這才將匕首插入桌腿，轉過身來，將縛住雙手的衣襟在刃鋒上輕輕擦動，只擦得兩下，衣襟便即斷了。

他舒了一口長氣，死裏逃生，說不出的開心，身上到處是傷，痛得厲害，一時也不去理會，心想：「如何處置這臭小娘，倒是件天大的難事。聽她口氣，似乎當眞是跟我玩耍，倘若是奉太后之命殺我，幹麼見我裝死，反而害怕起來？可是小孩子玩耍，那有玩得這麼兇的？是了，她是公主，壓根兒就沒把太監宮女當人，人家死也好，活也好，她只當是捏死一隻螞蟻。」越想越氣，向她胸口又是一腳。

不料這一腳，卻踢得她閉住的氣息順了。公主一聲呻吟，醒了轉來，慢慢支撐著站起，罵道：「死太監，你……」韋小寶正自惱怒，伸手啪啪兩個耳光，當胸一拳，右足橫掃，公主又即跌倒。他跳將上去，倒騎在她背上，雙拳便如擂鼓，往她腿上、背上、屁股上用力打去，大罵：「死小娘，臭小娘，婊子生的鬼丫頭，老子打死了你！」公主大叫：「別打，別打！你沒規矩，我叫太后殺了你，叫……叫皇帝殺了你，凌……凌遲處死。」

韋小寶心中一寒，便即住手，轉念又想：「打也打了，索性便打個痛快。」揮拳又打，罵道：「老子操你十八代祖宗，打死你這臭小娘！」

打得幾下，公主忽然嗤的一笑。韋小寶大奇：「我如此用力打她，怎麼她不哭反笑？」從桌腿上拔出匕首，指住她頸項，左手將她身子翻了過來，喝道：「笑甚麼？」只見她媚眼如絲，滿臉笑意，似乎眞的十分歡暢，並非做作，聽她柔聲說道：「別打得那麼重，可也別打得太輕了。」韋小寶摸不著頭腦，只怕她突施詭計，右足牢牢踏住她胸口，喝道：「你玩甚麼花樣？老子才不上當呢！」

公主身子一掙，鼻中嗯嗯兩聲，似要跳起身來。韋小寶喝道：「不許動。」在她額上用力一推，公主又即倒下。韋小寶只覺傷口中一陣陣抽痛，怒火又熾，啪啪啪啪四下，左右開弓，連打她四個耳光。公主又嗯嗯幾聲，胸口起伏，臉上神情卻是說不出的舒服，輕聲說道：「死太監，別打我臉。打傷了，太后問起來，只怕瞞不了。」韋小寶罵道：「臭小娘，你這犯賤貨，越挨打越開心，是不是？」伸手在她左臂上重重扭了兩把。公主「唉唷，唉唷」的叫了幾聲，皺起眉頭，眼中卻孕著笑意。韋小寶道：「他媽的，舒不舒服？」

公主不答，緩緩閉上眼睛，突然間飛起一腳，踢中韋小寶大腿，正是一處刀傷的所在。韋小寶吃痛，撲上去按住她雙肩，在她臂上、肩頭、胸口、小腹使勁力扭。公主格格直笑，叫道：「死太監，小太監，好公公，好哥哥，饒了我罷，我……我……眞吃不消啦。」

她這麼柔聲一叫，韋小寶心中突然一蕩，心想：「她這麼叫喚，倒像是方姑娘在海船中跟我說情話的模樣。」怒氣大減，然而她到底打甚麼主意，實是難測，於是依樣畫葫蘆，解下她腰帶，將她雙手雙腳綁住。公主笑道：「死小鬼頭兒，你幹甚麼？」韋小寶道：「叫你別打壞主意害人。」站起身來，呼呼喘氣，全身疼痛，又欲暈去。

公主笑道：「小桂子，今天玩得眞開心，你還打不打我？」韋小寶道：「你不打我，我又怎敢打你？」公主道：「我動不來啦，你就是再打我，我也沒法子。」韋小寶吐了一口唾沫，道：「你不是公主，你是賤貨。」在她屁股上踢了一腳。

公主「唉唷」一聲，道：「咱們再玩麼？」韋小寶道：「老子性命給你玩去了半條，還玩？我現在扮諸葛亮，也要火燒籐甲兵，把你頭髮和衣服都燒了。」公主急道：「頭髮不能燒……」嘻嘻一笑，說道：「你燒我衣裳好了，全身都燒起泡，我也不怕。」

韋小寶道：「呸，你不怕死，老子可不陪你發顚。我得去治傷了，傷口裏都是鹽，當眞好玩麼？」這時才相信公主並無殺害自己之意，將她手腳上縛著的腰帶解開。

公主道：「眞的不玩了？那麼明天再來，好不好？」語氣中滿是祈求之意。韋小寶道：「要是太后和皇上知道了，我還有命麼？」公主慢慢站起，道：「只要我不說，太后和皇上怎會知道？明天你別打我臉，身上傷痕再多也不打緊。」韋小寶搖頭道：「明天不能來。我給你打得太厲害，一兩個月，養不好傷。」公主道：「哼，你明天不來？剛才你罵我甚麼？說操我的十八代祖宗，我的十八代祖宗，就是皇帝哥哥的十八代祖宗，是皇阿爸的十七代祖宗，太宗皇帝的十六代祖宗，太祖皇帝的十五代祖宗……」

韋小寶目瞪口呆，暗暗叫苦，突然靈機一動，說道：「你不是老皇爺生的，我罵你的祖宗，跟皇上、老皇爺，甚麼太祖皇帝、太宗皇帝全不相干。」公主大怒，叫道：「我怎麼不是老皇爺生的？你這死太監胡說八道，明天午後我在這裏等你，你這死太監倘若不來，我就去稟告太后，說你打我。」說著捋起衣袖，一條雪白粉嫩的手臂之上，青一塊、黑一塊，全是給他扭起的烏青。韋小寶暗暗心驚：「剛才怎麼下手如此之重。」

公主道：「哼，你明天不來，瞧你要命不要？」

到此情景，韋小寶欲不屈服，亦不可得，只好點頭道：「我明天來陪你玩便是，不過你不能再打我了。」公主大喜，道：「你來就好，我再打你，你也打還我好了。咱們江湖上好漢，講究恩怨分明。」韋小寶苦笑道：「再給你打一頓，我這條好漢就變成惡鬼了。」

公主笑道：「你放心，我不能當眞打死你的。」頓了一頓，又道：「最多打得你半死不活。」見他臉色有異，嫣然一笑，柔聲道：「小桂子，宮裏這許多太監侍衛，我就只喜歡你一個。另外那些傢伙太沒骨氣，就是給我打死了，也不敢罵我一句『臭小娘、賤貨……』」學著他罵人的腔調：「婊子生的鬼丫頭！嘻嘻，從來沒人這樣罵過我。」

韋小寶又好氣，又好笑，道：「你愛挨罵？」公主笑道：「要像你這樣罵我才好。太后板起臉訓斥，要我守規矩，我可就不愛聽了。」韋小寶道：「那你最好去麗春院。」心想：「你去做婊子，臭罵你的人可就多了。老鴇要罵要打，嫖客發起火來，也會又打又罵。」

公主精神一振，問道：「麗春院是甚麼地方？好不好玩？」韋小寶肚裏暗笑，道：「好玩極了，不過是在江南，你不能去。你只要在麗春院裏住上三個月，包你開心得要命，公主也不想做了。」公主嘆了口氣，悠然神往，道：「等我年紀大了，一定要去。」

韋小寶正色道：「好，好！將來我一定帶你去。大丈夫一言既出，死馬難追。」他這句「駟馬難追」總記不住，「甚麼馬難追」是不說了，卻說成「死馬難追」。

公主握住他手，說道：「我跟那些侍衛太監們打架，誰也故意讓我，半點也不好玩。只昨天皇帝哥哥跟我比武，才有三分眞打，不過他也不肯打痛、扭痛了我。好小桂子，只有你一個，才是眞的打我。你放心，我決計不捨得殺你。」突然湊過嘴去，在他嘴唇上親了一親，臉上一紅，飛奔出房。

韋小寶霎時間只覺天旋地轉，一交坐倒，心想：「這公主只怕是有些瘋了，我越打她罵她，她越開心。他媽的，這老婊子生的鬼丫頭，難道眞的喜歡我這假太監？」想到她秀麗的面龐，心下迷迷糊糊，緩緩站起，支撐著回屋，筋疲力竭，一倒在床，便即睡著了。

這一覺直睡了五個多時辰，醒轉時天色已黑，只覺全身到處疼痛，忍不住呻吟，站起身來想洗去傷口中鹽末，那知一解衣服，傷口鮮血凝結，都已牢牢黏在衣上，一扯之下，又是一陣劇痛，不免又再「臭小娘、爛小娘」的亂罵一頓，當下洗去鹽末，敷上金創藥。

次日去見小皇帝，康熙見他鼻青目腫，頭髮眉毛都給燒得七零八落，大吃一驚，登時料到是那寶貝御妹的傑作，道：「是公主打的？受的傷不重嗎？」

韋小寶苦笑道：「還好。師父，徒兒丟了你老人家的臉，只好苦練三年，再去找回這場子，爲你老人家爭光。」

康熙本來躭心他怒氣衝天，求自己給他出頭，不過御妹雖然理屈，做主子的毆打奴才，總是理所當然，但如不理，卻又怕他到了五台山上，服侍父皇不肯盡心，正感爲難，聽他這麼說，竟對此事並不抱怨，只當作一場玩耍，不由得大喜，笑道：「小桂子，你眞好！我非好好賞賜你不可。你想要甚麼？」

韋小寶道：「師父不責弟子學藝不精，弟子已感激萬分，甚麼賞賜都不用了。」頓了一頓，說道：「師父傳授弟子幾招高招，以後遇險，不會再給人欺侮，也就是了。」

康熙哈哈大笑，道：「好，好！」當下將太后所傳武功，揀了幾招精妙招數傳授給他。這幾招擒拿手法雖然也頗不凡，但比之洪教主夫婦所傳的六招卻差得遠了。韋小寶以前和他比武，這幾招也見他用過，此時一加點撥，不多時便學會了。

韋小寶心想：「以前和他摔跤，便似朋友一般。但他是皇帝，我是奴才，這朋友總是做不久長。這次回北京來，眼見他人沒大了多少，威風卻大得多了，『小玄子』三字再也叫不出口，不如改了稱呼，也是拍馬屁的妙法。」當即跪下，咚咚咚磕了八個響頭，說道：「師父在上，弟子韋小寶是你老人家的開山大弟子。」

康熙一怔，登時明白了他的用意，一來覺得挺好玩，二來確也不喜他再以「小玄子」相稱，笑道：「君無戲言！我說過是你師父，只好收了你做徒弟。」叫道：「來人哪！」

兩名太監、兩名侍衛走進書房。康熙道：「轉過身來。」四人應道：「是。」但規矩臣子不得以背向著皇帝，否則極爲不敬。四人不明康熙用意，只微微側身，不敢轉身。

康熙從書桌上拿起一把金剪刀，走到四人身後。四人又略略側身。康熙看了看四人的辮子，見其中一名太監的辮子最是油光烏亮，左手抓住了，喀的一聲，齊髮根剪了下來。那太監只嚇得魂飛天外，當即跪倒，連連叩頭，道：「奴才該死，奴才該死！」康熙笑道：「不用怕，賞你十兩銀子。大家出去罷！」四人莫名其妙，只覺天威難測，倒退了出去。

康熙將辮子交給韋小寶，笑道：「你就要去做和尚，公主燒了你頭髮，看來也是天意。上天假公主之手，吩咐你去落髮爲僧。你先把這條假辮子結在頭上，否則有失觀瞻。」

韋小寶跪下道：「是，師父愛惜徒弟，眞是體貼之至。」康熙笑道：「你拜我爲師，可不許跟旁人說起。我知你口緊，謹愼小心，這才答允。你若在外招搖，我掌門人立時便廢了你武功，將你逐出門牆。」韋小寶連稱：「是，是，弟子不敢。」康熙和他比武摔跤，除了太后和海大富之外，宮中並無旁人得知，心想鬧著玩收他爲徒，只要決不外傳，也不失皇帝的體面，但他生性謹細，特意叮囑一番。

康熙坐了下來，心想：「太后陰險毒辣，教我武功也決不會當眞盡心，否則她將人打得骨節寸斷的厲害功夫，怎地半招也不傳我？我雖做了師父，其實比之這小子也強不了多少，沒甚麼高明武功傳他。少林寺的和尚武功極高，此番父皇有難，也是他們相救……」想到此處，心中有了個主意，說道：「你去休息養傷，明天再來見我。」

韋小寶回到下處，命手下太監去請御醫來敷藥治傷。傷處雖痛，卻均是皮肉之傷，並未傷及筋骨，太醫說將養得十天半月，便即好了，不用躭心。

他吃過飯後，便去應公主之約，心頭七上八下，旣怕她再打，卻又喜歡見她。一推開門，公主一聲大叫，撲將上來。韋小寶早已有備，左臂擋格，右足一勾，右手已抓住了公主後領，將她按得俯身下彎。公主笑罵：「死太監，今天你怎麼厲害起來啦。」韋小寶抓住她左臂反扭，低聲道：「你不叫我好桂子、好哥哥，我把你這條手臂扭斷了。」

公主罵道：「呸，你這死奴才！」韋小寶將公主的手臂重重一扭，喝道：「你不叫，我將你這條手臂給扭斷了。」公主笑道：「我偏不叫。」韋小寶心想：「小娘皮的確犯賤。我越打她，她越喜歡。」左手啪的一聲，在她臀上重重打了一拳。公主身子一跳，卻格格的笑了起來。韋小寶道：「他媽的，原來你愛挨打。」使勁連擊數拳。

公主痛得縮在地下，站不起來，韋小寶這才停手。公主喘氣道：「好啦，現下輪到我來打你。」韋小寶搖頭道：「不，我不給你打。」心想這小娘下手如此狠辣，給她打將起來，隨時隨刻有性命之憂。公主軟語求懇，韋小寶只是不肯。

公主大發脾氣，撲上來又打又咬，給韋小寶幾個耳光，推倒在地，揪住頭髮，又打了一頓屁股。他想屁股也打了，也不用客氣啦，伸手在她背上臂上亂扭。公主伏在他腳邊，抱住了他兩腿，將臉龐挨在他小腿之間，輕輕磨擦，嬌媚柔順，膩聲道：「好桂子，好哥哥，你給我打一次罷，我不打痛你便是。」

韋小寶見她猶似小鳥依人一般，又聽她叫得親熱，心神蕩漾，便待答允。公主又道：「好哥哥，你身上出血，我見了比甚麼都歡喜。」

韋小寶嚇了一跳，怒道：「不行！」提起左足，在她頭上踢了一腳，道：「放開了，我要去了。跟你磨在一起，總有一日死在你這小娘皮手裏。」公主嘆道：「你不跟我玩了？」韋小寶道：「太危險，時時刻刻會送了老命。」公主格格一笑，站起身來，道：「好！那麼你扶我回房去，我給你打得路也走不動了。」韋小寶道：「我不扶。」公主扶著牆壁，慢慢出去，道：「好桂子，明兒再來，好不好？」忽然左腿一屈，險些摔倒。韋小寶搶上去扶住。

公主道：「好桂子，勞你的駕，去叫兩名太監來扶我回去。」韋小寶心想一叫太監，只怕給太后知道，查究公主爲甚麼受傷，只要稍有洩漏，那可是殺頭的罪名，只得扶住了她，道：「我扶你回房就是。」公主笑道：「好桂子，好哥哥，多謝你。」靠在他肩頭，向西而行。

公主的住處在慈寧宮之西、壽康宮之側。兩人漸漸走近慈寧花園，韋小寶想起太后的神氣，心下惴惴危懼。兩人行到長廊之下，公主忽然在他耳邊輕輕吹氣。韋小寶臉上一紅，道：「不……不要……」公主柔聲道：「爲甚麼？我又不是打你。」說著將他耳垂輕輕咬住，伸出舌尖，緩緩舐動。韋小寶只覺痲癢難當，低聲道：「你如咬痛了我耳朵，我可永遠不來見你了。大丈夫一言既出，死馬難追。」公主本想突然間將他耳垂咬下一塊肉來，聽了這句話，不敢再咬，只膩聲而笑，直笑得韋小寶面紅耳赤，全身酸軟。

到了公主寢宮，韋小寶轉身便走。公主道：「你進來，我給你瞧一件玩意兒。」這時寧壽宮中的四名太監、四名宮女站在門外侍候，韋小寶已不敢放肆，只得跟了進去。

公主拉著他手，直入自己臥室。兩名宮女跟著進來，拿著熱手巾給公主淨臉。公主拿起一塊手巾，遞給韋小寶。韋小寶接過，擦去臉上汗水。兩名宮女見公主對這小太監居然破格禮遇，連對太后和皇上也沒這樣禮貌，而這小太監竟也坦然接受，無禮之極，不由得都呆了。

公主一瞥眼見了，瞪眼道：「有甚麼好看？」兩名宮女道：「是，是！」彎腰退出，那知已然遲了，公主一伸手，向近身一名宮女眼中挖去。那宮女微微一讓，一聲慘呼，眼珠雖沒挖中，臉上卻已鮮血淋漓，自額頭直至下巴，登時出現四條爪痕。兩名宮女只嚇得魂飛天外，疾忙退出。

公主笑道：「你瞧，這些奴才就只會叫嚷求饒，有甚麼好玩？」韋小寶見她出手殘忍，心想這小娘子太過兇惡，跟她母親老婊子差不多，還是及早脫身爲是，說道：「公主，皇上差我有事去辦，我要去了。」公主道：「急甚麼？」反手關上了門，上了門閂。

韋小寶心中怦怦亂跳，不知她要幹甚麼怪事。公主笑道：「我做主子做了十五年，總是給人服侍，沒點味道，今兒咱們來換換班。你做主子，我做奴才。」韋小寶雙手亂搖，道：「不行，不行。我可沒這福氣。」公主俏臉一沉，說道：「你不答應嗎？我要大叫了，我說你對我無禮，打得我全身青腫。」突然縱聲叫道：「唉唷，好痛啊！」

韋小寶連連作揖，說道：「別嚷，別嚷，我聽你吩咐就是。」這是公主寢宮，外面有許多太監宮女站著侍候，她只消再叫得幾聲，立時便有人擁將進來，可不比那間比武的小屋，四下無人。公主微微一笑，說道：「賤骨頭！好好跟你說，偏偏不肯聽，定要敬酒不吃吃罰酒。」韋小寶心道：「你才是賤骨頭，主子不做做奴才。」

公主屈下一膝，恭恭敬敬的向他請個安，說道：「桂貝勒，你要安息了嗎？奴才侍候你脫衣。」韋小寶哼了一聲，道：「我不睡。你給我輕輕的搥搥腿。」公主道：「是！」坐在地下，端起他右足，擱在自己腿上，輕輕搥了起來，細心熨貼，一點也沒觸痛他傷處。韋小寶讚道：「好奴才胚子，你服侍得我挺美啊。」伸手在她臉頰上輕輕扭一把。公主大樂，低聲道：「主子誇獎了。」除下他靴子，在他腳上輕揑一會，換過他左足，搥了半晌，又脫下靴子按摩，說道：「桂貝勒，你睡上床去，我給你搥背。」

韋小寶給她按摩得十分舒服，心想這賤骨頭如不過足奴才癮，決不能放我走，便上床橫臥，鼻中立時傳入幽香陣陣，心想：「這賤骨頭的床這等華麗，麗春院中的頭等婊子，也沒這般漂亮的被褥枕頭。」公主拉過一條薄被，蓋在他身上，在他背上輕輕拍打。

韋小寶迷迷糊糊，正在大充桂貝勒之際，忽聽得門外多人齊聲道：「皇太后駕到！」他這一驚非同小可，忙欲跳起。公主神色驚惶，顫聲道：「來不及逃啦，快別動，鑽在被窩裏。」韋小寶頭一縮，鑽入了被中，隱隱聽得打門之聲，只嚇得險些暈去。

公主放下帳子，轉身拔開門閂，一開門，太后便跨了進來，說道：「青天白日的，關上了門幹甚麼？」公主笑道：「我倦得很，正想睡一忽兒。」太后坐了下來，問道：「又在搞甚麼古怪玩意兒了，怎麼臉上一點也沒血色？」公主道：「我說倦得很啊。」

太后一低頭，見到床前一對靴子，又見錦帳微動，心知有異，向眾太監宮女道：「你們都在外面侍候。」待眾人出去，說道：「關上了門，上了閂。」公主笑道：「太后也來搞古怪玩意兒嗎？」依言關門，順著太后的目光瞧去，見到了靴子，不由得臉色大變，強笑道：「我正想穿上男裝，扮個小子給太后瞧瞧。你說我穿了男裝，模樣兒俊不俊？」太后冷冷的道：「得瞧床上那小子模樣兒俊不俊？」陡地站起，走到床前。

公主大駭，拉住太后的手，叫道：「太后，我跟他鬧著玩兒……」

太后手一甩，將她摔開幾步，捋起帳子，揭開被子，抓住韋小寶的衣領，提了起來。韋小寶面向裏床，不敢轉頭和她相對，早嚇得全身簌簌發抖。

公主叫道：「太后，這是皇帝哥哥最喜歡的小太監，你……你可別傷他。」

太后哼了一聲，心想女兒年紀漸大，情竇已開，床上藏個小太監，也不過做些假鳳虛凰的勾當，算不了甚麼大事，右手一轉，將韋小寶的臉轉了過來，啪啪兩記耳光，喝道：「滾你的，再教我見到你跟公主鬼混……」突然間看清楚了他面貌，驚道：「是你？」

韋小寶一轉頭，說道：「不是我！」這三字莫名其妙，可是當此心驚膽戰之際，又有甚麼話可說？

太后牢牢抓住他後領，緩緩道：「天堂有路你不走，地獄無門闖進來。你對公主無禮，今日可恕不得我。」公主急道：「太后，是我要他睡在這裏的，不能怪他。」太后左掌在韋小寶腦門輕輕一拍，左臂提起，便欲運勁使重手擊落，一掌便斃了他。

韋小寶於萬分危急之中，陡然想起洪教主所授那招「狄青降龍」，雙手反伸，在太后胸前摸了一把。太后吃了一驚，胸口急縮，叱道：「你作死！」

韋小寶雙足在床沿上一登，一個倒翻觔斗，已騎在太后頸中，雙手食指按住她眼睛，拇指抵住她太陽穴，喝道：「你一動，我便挖了你眼珠出來！」

他這一招並未熟練，本來難以施展，好在他站在床上而太后站在地下，一高一低，倒騎容易，而挖眼本來該用中指，卻變成了食指，倒翻觔斗時足尖勾下了帳子。這招使得拖泥帶水，狼狽不堪，洪教主倘若親見，非氣個半死不可。雖然手法不對，但招式實在巧妙，太后還是受制，變起倉卒，竟難抵擋。

公主哈哈大笑，叫道：「小桂子不得無禮，快放了太后。」

韋小寶右腿一提，右手拔出匕首，抵在太后後心，這才從她頸中滑下。忽然啪的一聲，一件五色燦爛的物事落在地下，正是神龍教的五龍令。

太后大吃一驚，道：「這……這……東西……怎麼來的？」

韋小寶想起太后和神龍教的假宮女鄧炳春、柳燕暗中勾結，說不定這五龍令可以逼她就範，說道：「甚麼這東西那東西，這是本教的五龍令，你不認得嗎？好大的膽子！」

太后全身一顫，道：「是，是！」

韋小寶聽她言語恭順，不由得心花怒放，說道：「見五龍令如見教主親臨，洪教主仙福永享，壽與天齊。」太后顫聲道：「洪教主仙福永享，壽與天齊。」俯身拾起五龍令，高舉過頂。韋小寶伸手接過，問道：「你聽不聽我號令？」太后道：「是，謹遵吩咐。」

韋小寶道：「教主寶訓，時刻在心。建功克敵，無事不成！」

太后跟著恭恭敬敬的唸道：「教主寶訓，時刻在心。建功克敵，無事不成！」

直到此刻，韋小寶才吁了口氣，放開匕首，大模大樣的在床沿坐下。

太后向公主道：「你到外面去，甚麼話也別說，否則我殺了你。」

公主一驚，應道：「是。」向韋小寶看了一眼，滿心疑惑，道：「太后，是皇帝哥哥的聖旨麼？」康熙年紀漸大，威權漸重，太監宮女以及御前侍衛說到皇上時，畏敬之情與日俱增，公主也早知太后對皇帝頗爲忌憚。太后點頭道：「是。他是皇帝的親信，有要緊事跟我說，可千萬不能洩漏了，在皇帝跟前，更加不可提起。免得……免得皇帝惱你。」

公主道：「是，是。我可沒這麼笨。」說著走出房去，反手帶上了房門。

太后和韋小寶面面相對，心中均懷疑忌。過了一會，太后道：「隔牆有耳，此處非說話之所，請去慈寧宮詳談可好？」聽她用了個「請」字，又是商量的口吻，不敢擅作主張，韋小寶更加寬心，隨即又想：「這老婊子心狠手辣，騙我到慈寧宮中，不要使甚麼詭計，加害老子？」便點了點頭，低聲道：「我是本教新任白龍使，奉洪教主命令，出掌五龍令。」太后登時肅然起敬，躬身道：「屬下參見白龍使。」

雖然韋小寶早已想到，太后既和黑龍門屬下教衆勾結，對洪教主必定十分尊敬，這五龍令對她多半有鎮懾之效，但萬萬想不到她自己竟然也是神龍教的教衆。以她太后之尊，天下事何求不得，居然會去入了神龍教，而且地位遠比自己爲低，委實匪夷所思，眼見她恭恭敬敬的行禮，不由得愕然失措。

太后見他默然不語，還道他記著先前之恨，甚是驚懼，低聲道：「屬下先前不知尊使身分，多有得罪，十分惶恐，還望尊使大度寬容。」但見他年紀幼小，竟在教中身居高位，終究難以盡信。隨即想到，近年來教主和夫人大舉提拔新進少年，教中老兄弟或遭屠戮，或受疑忌，權勢漸失，這小孩新任白龍使，絕非奇事。又想：「就算他是眞的白龍使，我此刻將他殺了，教中也沒人知曉。這小鬼對我記恨極深，讓他活著，那可後患無窮。」殺機旣動，眼中不由自主的露出狠毒之色。

韋小寶立時驚覺，暗道：「不好，老婊子要殺我。」低聲道：「剛才我擒住你的手法，你可知是誰傳授的？」太后吃了一驚，回想這小鬼適才所使手法，詭秘莫測，一招間便將自己制住，正是教主的手段，顫聲道：「莫非……莫非是教主的親傳？」韋小寶笑道：「教主傳了我三十招殺手，洪夫人傳了我三十招擒拿手，比較起來，自然教主的手法厲害得多。不過他老人家的招數，一出手就取人性命，我不想殺你，因此只用了夫人所傳的一招『飛燕迴翔』。」他吹牛不用本錢，招數一加便加了十倍。

太后卻毫不懷疑，知洪夫人所使的許多招數，確都安上個古代美人的名字，不由得出了身冷汗，尋思：「幸虧他只以洪夫人的招數對付我，倘若使出教主所傳，此刻我早已性命不在了。」那裏還敢再有加害之意？恭恭敬敬的道：「多謝尊使不殺之恩。」

韋小寶得意洋洋的道：「我沒挖出你眼珠，比之夫人所授，又放寬三分了。」這話倒是不假，適才要挖太后眼珠，本來也可辦到，只是她傷重之餘，全力反擊，也必取了他性命。

太后越想越怕，道：「多謝手下留情，屬下感激萬分，必當報答尊使的恩德。」

韋小寶本來一見太后便如耗子見貓，情不自禁的全身發抖，那知此刻竟會將她制得服服貼貼，見她誠惶誠恐的站在面前，心中那份得意，當眞難以言宣。他提起左腿，往右腿上一擱，低聲道：「這次隨本使從神龍島來京的，有胖頭陀和陸高軒二人。」

太后道：「是，是。」心想胖陸二人是教中高手，居然爲他副貳，適才幸而沒有魯莽，倘若將他打死了，別說教主日後追究，便是胖陸二人找了上來，那也是死路一條，見他雙頰上指痕宛然，正是自己所打的兩個耳光所留，顫聲道：「屬下過去種種，委實罪該萬死。尊使大人大量，後福無窮。」

韋小寶微微一笑，道：「白龍使鍾志靈背叛教主，教主和夫人已將他殺了，派我接掌白龍門。黑龍使張淡月辦事不力，教主和夫人很生氣，取經之事，現下歸我來辦。」

太后全身發抖，道：「是，是。」想起幾部經書得而復失，這些日子來日夜躭心，終於事發，顫聲道：「這件事說來話長，請尊使移駕慈寧宮，由屬下詳稟。」

韋小寶點頭道：「好。」心想此事之中不明白地方甚多，正要查問，便站起身來。太后轉身去拔了門閂，開了房門，側身一旁，讓他先行。韋小寶大聲道：「太后啓駕啦！」太后低聲道：「得罪了！」走出門去。韋小寶跟在後面。數十名太監宮女遠遠相隨。

兩人來到慈寧宮。太后引他走進臥室，遣去宮女，關上了門，親自斟了碗參湯，雙手奉上。韋小寶接過喝了幾口，心想：「我今日的威風，只有當年順治老皇爺可比。就算是小皇帝，太后也不會對他如此恭敬。」心中又一陣大樂。

太后打開箱子，取出一隻錦盒，開盒拿出一隻小玉瓶，說道：「啓稟尊使：瓶中三十顆『雪參玉蟾丸』，乃朝鮮國王的貢品，珍貴無比，服後強身健體，百毒不侵。其中十二顆請尊使轉呈教主，十顆請轉呈教主夫人，餘下八顆請尊使自服，算是……算是屬下一點兒微末心意。」韋小寶點頭道：「多謝你了。但不知這些藥丸跟『豹胎易筋丸』會不會衝撞？」太后道：「並無衝撞。恭喜尊使得蒙教主恩賜『豹胎易筋丸』，不知……不知屬下今年的解藥，教主是否命尊使帶來？」

韋小寶一怔，道：「今年的解藥？」隨即明白，太后一定也服了「豹胎易筋丸」，教主每年頒賜解藥，卻又解得並不徹底，須得每年服食一次，藥性才不發作，否則她身處深宮，高手侍衛無數，教主本事再大，也不能遙制，笑道：「你我二人都服了豹胎易筋丸，那解藥自不能由我帶來了。」

太后道：「是。不過尊使蒙教主恩寵，屬下如何能比？」

韋小寶心想：「她嚇得這麼厲害，可得安慰她幾句。」說道：「教主和夫人說道，只要你盡忠教主，不起異心，努力辦事，教主總不會虧待你的，一切放心好了。」

太后大喜，說道：「教主恩德如山，屬下萬死難報。教主仙福永享，壽與天齊。」

韋小寶心想：「你本來是皇后，現下是皇太后，除了皇帝，天下就是你最大。神龍教再厲害，也決不能和你相比，卻何以要入教，聽命於教主？那不是犯賤之至麼？是了，多半你跟你女兒一樣，都是賤骨頭，要給人打罵作踐，這才快活。」他年紀太小，畢竟世事所知有限，一時也猜不透其中關竅所在。

太后見他沉吟，料想他便要問及取經之事，不如自行先提，說道：「那三部經書，屬下派鄧炳春和柳燕二人呈交教主，他老人家想已收到了？」

韋小寶一怔，心想：「假宮女鄧炳春爲我所殺，柳燕死於方姑娘劍下，有甚麼經書呈交教主？」不明她用意所在，說道：「你說有三部經書呈給了教主？這倒不曾聽說過。教主說黑龍使搞了這麼久，一無所得，很是惱怒，險些逼得他自殺。」太后臉現詫異，道：「這可奇了。屬下明明已差鄧炳春和柳燕二人，將三部經書專程送往神龍島。那自然是在柳燕爲尊使處死之前的事。」韋小寶道：「哦，有這等事？鄧炳春？就是你那個禿頭師兄嗎？」太后道：「正是。尊使日後回到神龍島，傳他一問，便知分曉。」

韋小寶突然省悟，心道：「是了，鄧炳春爲我所殺，這老婊子卻毫不知情。她失了三部經書，生怕教主怪罪，將一切推在兩個死人頭上，這叫做死無對證，倒也聰明得緊。那知道這三部經書卻在老子手中。這番謊話去騙別人，那是他媽的刮刮叫，別別跳，偏偏就騙不到老子。我暫時不揭穿你的西洋鏡。」說道：「你既已取到三部經書，功勞也算不小，其餘五部，還得再加一把勁。」

太后道：「是，屬下從早到晚，就在想怎生將另外五部經書取來，報答教主恩德。」

韋小寶道：「很好！其實你如此忠心，那豹胎易筋丸中的毒性，就一次給你解了，也是不妨。不久我見到教主，一定給你多說幾句好話。」太后大喜，躬身請了個安，道：「尊使大恩，屬下永不敢忘。最好屬下能轉入白龍門，得由尊使教導指揮，更是大幸。」

韋小寶道：「那也容易辦到。不過你入教的一切經過，須得跟我詳說，毫不隱瞞。」太后道：「是，屬下對本門座使，決不敢有半句不盡不實的言語……」

忽然門外腳步聲響，一名宮女咳嗽一聲，說道：「啓稟太后：皇上傳桂公公，說有要緊事，命他立刻便去。」韋小寶點點頭，低聲道：「你一切放心，以後再說。」太后低聲道：「多謝尊使。」朗聲道：「皇上傳你，這便去罷。」韋小寶道：「是，太后萬福金安。」

出得門來，只見八名侍衛守在慈寧宮外，微微一驚，心道：「可出了甚麼事？」快步來到上書房。

康熙喜道：「好，你沒事。我聽說你給老賤人帶了去，眞有些躭心，生怕她害你。」

韋小寶道：「多謝師父掛懷，那老……老……她問我這些日子去了那裏？我想老皇爺的事千萬說不得，連山西和五台山也不能提，可是我又不大會說謊，給她問得緊了，我情急智生，便說皇上派奴才去江南，瞧瞧有甚麼好玩的玩意兒，便買些進宮。又說，皇上吩咐別讓太后知道，免得太后怪罪皇上當了皇帝，還是這般小孩子脾氣。」

康熙哈哈大笑，拍拍他肩頭，說道：「這樣說最好。讓老賤人當我還是小孩子貪玩，便不來防我。你不大會說謊嗎？可說得挺好啊。」

韋小寶道：「原來還說得挺好嗎？奴才一直躭心，生怕這樣說皇上要不高興呢。」

康熙道：「很好，很好。剛才我怕老賤人害你，已派了八名侍衛去慈寧宮外守著，倘若老賤人不放你走，我便叫他們衝進去搶你出來，眞要跟她立時破臉，也說不得了。」

韋小寶跪下磕頭，道：「皇帝師父恩重如山，奴才弟子粉身難報。」

康熙道：「你好好去服侍老皇爺，便是報了我對你的恩遇。」韋小寶道：「是。」

康熙從書桌上拿起一個密封的黃紙大封套，說道：「這是封賞少林寺衆僧的上諭，你挑選四十名御前侍衛，二千名驍騎營官兵，去少林寺宣旨辦事。辦甚麼事，在上諭中寫著，到少林寺後拆讀，你遵旨而行就是。現下我升你的官，任你爲驍騎營正黃旗副都統，那是正二品的大官了。你本是漢人，我賜你爲滿洲人，咱們這叫做『入滿洲抬旗』。正黃旗是皇帝親將的旗兵，驍騎營更是皇帝的親兵。那御前侍衛副總管的官兒仍兼著。」他知韋小寶不學無術，年紀又小，當眞做官是做不來的，因此兩個職位都是副手。

韋小寶道：「只要能常在皇帝師父身邊，官大官小，奴才弟子倒不在乎。」說著大力磕頭謝恩，心想：「我好好是個漢人，現在搖身一變，變作滿洲韃子了。」又想：「皇帝師父叫我不忙去清涼寺做小和尚，卻先帶兵去少林寺頒旨，封賞救駕有功的諸位大師，多半是讓我出出風頭。這叫做先甜後苦，先做老爺，後打屁股。」

康熙將驍騎營正黃旗都統察爾珠傳來，諭知他小桂子其實並非太監，而是御前侍衛副總管，眞名韋小寶，爲了要擒殺鰲拜，這才派他假扮太監，現已賜爲旗人，屬正黃旗，升任驍騎營正黃旗副都統。

察爾珠當鰲拜當權之時，大受傾軋，本已下在獄中，性命朝夕不保，幸得鰲拜事敗，這才獲釋復職，對擒殺鰲拜的韋小寶早已十分感激，聽得皇上命他爲自己之副，心中大喜，當即向他道賀，說道：「韋兄弟，咱哥兒倆在一起辦事，那再好也沒有了。你是少年英雄，咱們驍騎營這一下可大大露臉哪。」韋小寶謙虛一番。察爾珠打定了主意，這人大受皇帝寵幸，雖是自己副手，其實自己該當做他副手，只要討得他的歡心，日後飛黃騰達，不在話下。

康熙道：「我有事差韋小寶去辦，你們兩人下去，點齊人馬。韋小寶今晚就即出京，不用來辭別了。」將調動驍騎營兵馬的金牌令符交了給韋小寶。

韋小寶接過金牌，磕頭告別，心想：「老婊子爲甚麼要入神龍教，這事還沒查明，那也不打緊，多半是犯賤，下次回宮時再去問她。」又想：「昨晚給公主打了一頓，全身疼痛，一覺睡到大天光，沒能去見陶姑姑，不知她在宮中怎樣？下次回宮，得跟她會上一會。」

當下二人去見御前侍衛總管多隆。多隆早知他是自己副手，加倍親熱，說道：「韋兄弟要挑那些侍衛，儘管挑好了，只要皇上點頭，要我陪你去一遭也成。」韋小寶笑道：「那可不敢當！保護皇上，責任重大，多總管想出京去逛逛，卻不大容易了。」多隆笑道：「下次我求皇上，咱哥兒倆換一換班，你做正的，我做副的，有甚麼出京打秋風的好差使，讓做哥哥的去做做。」

韋小寶點了張康年、趙齊賢兩名侍衛，叫二人召約一批親近的侍衛。察爾珠點齊二千名驍騎營軍士。各參領、佐領參見副都統。皇帝賞給少林寺僧人的賜品，也即齊備，裝在幾十輛車上。皇帝要做甚麼事，自是叱嗟立辦，只兩個多時辰，一切預備得妥妥貼貼。

韋小寶本該身穿驍騎營戎裝，可是這樣小碼的將軍戎服，一時之間卻不易措辦。察爾珠想得周到，將自己的一套戎裝送了給他，傳了四名巧手裁縫跟去，在大車之中趕著修改，吩咐他們晚上不能睡覺，趕好了衣衫才許回京，倘若偷懶，重責軍棍。

韋小寶抽空回到頭髮胡同，對陸高軒和胖頭陀道：「今日已混進了宮中，盜經之事也已略有眉目。」吩咐他二人在屋中靜候消息，不可輕易外出，以免洩漏機密。陸胖二人見他辦事順利，兩天之間便有了頭緒，均感欣慰，喏喏連聲的答應。

韋小寶命雙兒改穿男裝，扮作個小軍士，隨他同行。

二十幾名妓女塞住了小巷，那藍衫女郎持刀威嚇。衆妓料她也不敢當眞殺人，亂七八糟的罵個不休，又伸手拉扯她衣衫。那綠衫女郎睜大一雙妙目，渾然不明所以。

第二十二回　老衲山中移漏處　佳人世外改粧時

韋小寶動身啓程，天色已晚，但聖旨要他即日離京，說甚麼也非出城不可。出永定門行了二十里，便即紮營住宿。驍騎營是衛護皇帝的親兵，都是滿洲的親貴子弟，服用飲食，無不高出尋常士兵十倍。大家在京中躭得久了，出京走走，無不興高采烈，何況又不是去拚命打仗。到河南公幹，那是朝廷出了錢請他們遊山玩水，實是大大的優差。

韋小寶吃了酒飯，睡覺太早，於是召集張康年、趙齊賢等衆侍衛、驍騎營的參領佐領軍官，齊到中軍帳中。衆人均想：「皇上不知差韋副都統去幹辦甚麼大事，他傳我們去，定是要宣示特旨。」

各人參見畢，韋小寶笑道：「哥兒們閒著無事，他奶奶的，大家來賭錢，老子做莊。」

眾軍官一呆，還道他是開玩笑，卻見他從懷中摸出四粒骰子，往木几上一擲，骰子滴溜溜的滾動，眾人這才歡聲雷動。其時當兵的十九好賭，只是行軍出征之時卻嚴禁賭博，以免軍心浮動，有誤大事。韋小寶又怎懂得這一套？驍騎營的參領佐領雖知軍律，但想這一次又不是打仗，何必阻了副都統的雅興？韋小寶又從懷中摸出一疊銀票，往几上一放，足足有五六千兩銀子，說道：「那個有本事的就來贏去？」眾軍官紛歸本帳去取銀子。

驍騎營軍士有很多職位雖低，家財卻富，聽說韋副都統做莊開賭，都悄悄踅進帳來。

韋小寶叫道：「上場不分大小，只吃銀子元寶！英雄好漢，越輸越笑，王八羔子，贏了便跑！」在四粒骰子上吹口氣，一把撒將下來。

他在揚州之時，好生羨慕賭場莊家的威風，做甚麼副總管、副都統，都還罷了，今日統帶數千之眾，做莊大賭，那才是生平的大得意事。

賭擲四粒骰子，倘若成對，則比對子；若不成對，視四骰總和。眾軍官紛紛下注，有吃有賠。賭了一會，大家興起，賭注漸大，擠在後面的軍士也遞上銀子來下注。侍衛趙齊賢和一名滿洲佐領站在韋小寶身旁，幫他收注賠錢。中軍帳中，但聞一片呼么喝六、吃上賠下之聲，宛然便是個大賭場。賭了一個多時辰，賭枱上已有二萬多兩銀子。有些輸光了的，回營去向不賭的同袍借了錢來翻本。

韋小寶一把骰子擲下，四骰全紅，正是通吃。衆人甚爲懊喪，有的咒罵，有的嘆氣。趙齊賢伸出手去，正要將賭注盡數攞進，韋小寶叫道：「且慢！老子今日第一天帶兵做莊，這一注送給了衆位朋友，通統不吃！」

衆兵將歡聲大作，齊叫：「韋副都統當眞英雄了得！」韋小寶道：「要加注的便加！」各人這一注死裏逃生，都覺運氣甚好，紛紛加注，滿枱堆滿了銀子。

忽有一人朗聲說道：「押天門！」將一件西瓜般的東西押在天門。衆人一看，登時驚得呆了。賭枱上赫然是一顆血肉模糊的首級。那首級頭戴官帽，竟是一名御前侍衛。

趙齊賢驚叫：「葛通！」原來這是御前侍衛葛通的腦袋。他輪值在帳外巡邏，卻遭人割了頭。

衆人驚惶抬頭，只見中軍帳口站著十多個身穿藍衫之人，各人手持長劍。衆軍官人人全神貫注的賭錢，誰也不知這些人是幾時進來的。帳中衆軍官沒帶兵刃，一時不知如何是好。賭枱前站著個二十五六歲的青年，雙手空空，說道：「都統大人，受不受注？」

趙齊賢叫道：「拿下了！」登時便有四名御前侍衛向那青年撲去。那人雙臂一分，抓住兩人胸口，砰的一聲，將二人頭對頭一撞，二人便即昏暈。跟著藍影晃處，白光閃動，兩柄長劍刺出，自另外兩名侍衛的背心直通到前胸。兩名侍衛慘聲長呼，倒地而死。使劍的藍衫人一是中年漢子，另一個是道人。兩人同時拔劍揮手，雙劍齊飛，噗噗兩聲，都插在賭枱之上。中年人叫道：「押上門！」道人叫道：「押下門！」兩柄長劍果然分別插在上門下門。

那青年左手一揮，四個藍衫人搶了上來，四柄長劍分指韋小寶左右要害。

趙齊賢顫聲喝道：「你們是甚麼人？好……好大的膽子。殺官闖營，不……不怕殺……殺頭麼？」

用劍指著韋小寶的四人之中，忽有一人嗤的一聲笑，說道：「我們不怕，你怕不怕？」卻是嬌嫩的女子聲音。韋小寶側頭看去，見是個十四五歲的小姑娘，臉蛋微圓，相貌甚甜，一雙大大的眼睛漆黑光亮，嘴角邊帶著笑意。他本已嚇得魂不附體，但一見到了美貌女子，自然而然勇氣大增，笑道：「單只姑娘一人用劍指著，我早就怕了。」

那少女長劍微挺，劍尖抵到了他肩頭，說道：「你既然怕，為甚麼還笑？」韋小寶臉孔一板，道：「我最聽女人的話，姑娘說不許笑，我就不笑。」果然臉上更無絲毫笑容。那少女見他裝模作樣，忍不住嗤的一聲，笑了出來。

那帶頭的青年眉頭微蹙，冷笑道：「滿洲韃子也是氣數將盡，差了這麼一個乳臭未乾的小娃娃帶兵。喂，兩把寶劍、一顆腦袋已經押下了，你怎地不擲骰子？」

韋小寶身旁既有美貌姑娘，又聽他說要擲骰子，驚魂稍定，問道：「我輸了賠甚麼？」那青年道：「那還用問？輸劍賠劍，輸頭賠頭！」料想這少年將軍定然討饒投降。那知韋小寶打架比武，輸了便投降，在賭枱上卻說甚麼也不肯做狗熊、認膿包，何況身邊有個俊美姑娘，人生在世，豈能在美貌姑娘之前失威丟臉？又想：「你們四把劍已指住了我，若要殺我，輸也好，贏也好，反正都是要殺，何必口頭上吃虧？」當即拿起骰子，說道：「好，受了！輸劍賠劍，輸頭賠頭，輸褲子就脫褲子！你先擲！」

那青年料不到這少年將軍居然有此膽識，倒是一怔。那中年漢子低聲道：「大軍在外，遲則有變！」要他不必無謂躭擱時光，只怕二千名滿洲兵一擁而入，倒不易對付。那青年向韋小寶望了一眼，見他臉上並無懼色，說道：「我若不跟你賭這一手，你死了也不服氣。」接過骰子一擲，是個六點。那道人和中年漢子也各擲了，都是八點。

韋小寶拿起骰子，伸掌到那少女面前，說道：「姑娘，請你吹口氣！」那少女微笑道：「幹甚麼？」還是在骰子上吹了口氣。韋小寶道：「成了！美女吹氣，有殺無賠！」將骰子在掌心中搖了幾搖，正要擲下，趙齊賢道：「且慢！韋副都統，問……問他們到底要甚麼？」他怕韋小寶這一骰子擲下去，擲成了六點以下，不免有性命之憂，更怕韋小寶不賠自己之頭，而要割我趙齊賢的頭來賠。誰教我站在旁邊幫莊呢？

那青年冷笑道：「倘若怕了，那就跪下討饒。」

韋小寶道：「烏龜王八蛋才怕！」手上微玩花樣，只是心驚膽戰之際，手法不大靈光，四粒骰子擲下，骨碌碌的滾動，定了下來，擲不成一對天牌，卻是六點。韋小寶大喜，叫道：「六吃六，殺天門，賠上賠下。」將葛通那顆首級提過，放在自己面前，又道：「趙大哥，拿兩柄劍來，賠了上家下家。」趙齊賢應道：「是！」向帳門口走去。

一名藍衫漢子挺劍指住他前胸，喝道：「站住了！」韋小寶道：「不許拿劍？好，那也成，一把劍算一千兩銀子。」從面前一堆銀子中取了二千兩，平分了放在長劍之旁。

這羣豪客闖進中軍帳來制住了主帥，眾軍官都束手無策，敵人武功既高，出手殺人肆無忌憚，己方軍士雖多，卻均在帳外，未得訊息，待會混戰一起，帳中眾人赤手空拳，只怕要盡數喪命，慄慄危懼之際，見韋小寶和敵人擲骰賭頭，談笑自若，不禁都佩服他的膽氣。也有人心想：「小孩子不知天高地厚，你道這批匪徒跟你鬧著玩麼？」

那青年又一聲冷笑，朗聲道：「憑我們這兩把寶劍，只贏你二千兩銀子？枱上銀子一起拿了！」六七名藍衫漢子走上前來，將賭枱上的銀子銀票一古腦兒都拿了。那青年接過一把長劍，指住韋小寶咽喉，喝道：「小奴才，你是滿洲人還是漢人？叫甚麼名字？」

韋小寶心想：「老子若要投降，你們一進來就降了，此時若再屈服，變成有頭無尾，前功盡棄，大丈夫要硬就硬到底。」哈哈一笑，說道：「老子是正黃旗副都統，名叫花差花差小寶的便是。你要殺便殺，要賭便賭！嘿嘿，以大欺小，不是好漢。」最後這八個字，實在是討饒了，不過說得倒也頗有點英雄氣概。

那青年微微一笑，道：「以大欺小，不是好漢。這句話倒也不錯。小師妹，你年紀跟他也差不多，就跟他鬥鬥。」那少女笑道：「好！」提劍而出，笑道：「喂，花差花差小寶將軍，我領教你的高招。」韋小寶身旁三人長劍微挺，碰到了他衣衫，齊道：「出去動手！」

那青年一揮手，長劍飛起，插在韋小寶面前桌上。

韋小寶尋思：「我劍術半點兒也不會，一定打不過小姑娘。」說道：「以大欺小，不是好漢。我比小姑娘大，怎能欺她？」

那青年一把抓住他後領提起，喝道：「你不敢比劍，那就向我小師妹磕頭求饒。」

韋小寶笑道：「好，磕頭就磕頭。男兒膝下有黃金，最好天天跪女人！」雙膝一曲，向那少女跪了下去。衆藍衫人都鬨笑起來。

突然之間，韋小寶身子一側，已轉在那青年背後，手中匕首指住他後心，笑道：「你投不投降？」

這一下奇變橫生，那青年武功雖高，竟也猝不及防，後心要害已給他制住。原來韋小寶自知從神龍島學來的六招救命招數尚未練熟，只好嬉皮笑臉，插科打諢，大做小丑模樣，引得敵人都笑嘻嘻的瞧他出醜，跪下之際，伸手握住匕首之柄，驀地裏使出那招「貴妃回眸」，竟然反敗爲勝。倘若他是大人，對方心有提防，這招半生不熟、似是而非的招數定然無效。但一來這一招十分巧妙，使得雖未全對，卻仍具威力，二來那青年怎想到這小丑般的少年竟會出此巧招，就此著了道兒。

一衆藍衣人大驚之下，七八柄長劍盡皆指住他身子，齊喝：「快放開！」然見他匕首對準那青年後心，這七八柄劍每一劍固然都可將他刺死，但他匕首只須輕輕一送，那青年卻也不免喪命，是以劍尖刺到離他身邊尺許，不敢再進。

韋小寶笑道：「放開便放開，有甚麼希奇？」揮動匕首劃了個圈子，錚錚錚一陣響聲過去，七八柄長劍劍頭齊斷，匕首尖頭又對住那青年後心。衆藍衣人一驚，都退了一步。

韋小寶道：「放下銀子，我就饒了你們的頭兒。」

手捧銀兩的幾名藍衣人毫不遲疑，都將銀子銀票放回桌上。

只聽得帳外數百人紛紛呼喝：「莫放了匪徒！」「快快投降！」原來適才一下混亂，帳中兩名軍官逃了出去，召集部屬，圍住了中軍帳。

那道人喝道：「先殺了小韃子！」拔起賭枱上長劍，白光一閃，噗的一聲，已刺在韋小寶右胸。他這一劍計算極精，橫斜切入，自前而後的擊刺，料定韋小寶中劍之後，身子必定後仰，匕首尖便離開那青年的背心。

不料長劍一彎，啪的一聲，立時折斷。韋小寶叫道：「啊喲，刺不死我！」衆藍衣人見他居然刀槍不入，無不驚得呆了。那道人只覺劍尖著體柔軟，並非刺在鋼甲背心之上，一時不明所以，他那知韋小寶內穿防身寶衣，利刃難傷。

這時中軍帳內已擁進數百名軍士，長槍大刀，密布四周，衆侍衛和軍官也已從部屬手中取得兵器。那十幾名藍衣人武功再高，也已難於殺出重圍，何況幾人長劍已斷，首領又遭制住，本來大佔上風，霎時之間形勢逆轉，一敗塗地。那青年高聲叫道：「大家別管我，自行衝殺出去！」衆侍衛和軍官擁上，每七八人圍住了一人。這些藍衣人眼見只要稍有動彈，便是亂刀分屍之禍，只得紛紛拋下兵刃，束手就擒。

韋小寶心想：「這幾個人武功了得，又和朝廷作對，說不定跟天地會有些瓜葛，我怎生放了他們走路？」當即笑道：「老兄，剛才你本可殺我，沒有下手。倘若我此刻殺了你，不給你翻本的機會，未免不是英雄好漢，這叫做王八羔子，贏了就跑。這樣罷，咱們再來賭一賭腦袋。」這時已有七八般兵刃指住那青年。韋小寶收起匕首，笑吟吟的坐了下來。

那青年怒道：「你要殺便殺，別來消遣老子。」

韋小寶拿起四顆骰子，笑道：「我做莊，賭你們的腦袋，一個個來賭。那一個贏了的，立刻便走，再拿一百兩盤纏。骰子擲輸了的，趙大哥，你拿一把快刀在旁伺候，一刀砍將下去，將腦袋砍了下來，給我們葛通葛大哥報仇。」

他一點對方人數，共是十九人，當下將一錠錠銀子分開，共分十九堆，每堆一百兩。

那些藍衣人自忖殺官作亂，既已被擒，自然個個殺頭，更無倖免之理，不料這少年將軍要充好漢，竟然放一條生路，倘若骰子擲輸，那也無可如何了。那道人叫道：「很好，大丈夫一言既出……」

韋小寶道：「死馬難追！我花差花差小寶做事，決不佔人便宜。這位小姊姊還不知是小妹妹，剛才幫我在骰子上吹了一口氣，保全了我的腦袋，你就不必賭了。你的小腦袋兒，算是我贏了之後分給你的紅錢。拿了這一百兩銀子，先出帳去罷。傳下號令，外面把守的人不得留難。」一名佐領大聲傳令：「副都統有令：中軍帳放出去的，一概由其自便，不得留難阻擋。」帳外守軍大聲答應。韋小寶將兩錠五十兩的元寶推到那少女面前。

那少女臉上一陣白、一陣紅，緩緩搖頭，低聲道：「我不要。我們……我們同門一十九人，同……同生共死。」

韋小寶道：「好，你很有義氣。既然同生共死，那也不用一個個的分別賭了。小姑娘，你跟我賭一手。你贏了，一十九人一起拿了銀子走路；倘若輸了，一十九顆腦袋一齊砍下，豈不爽快？」那少女向那青年望去，等他示下。

那青年好生難以委決，倘若十九人分別和這小將軍賭，勢必有輸有贏，如他當眞言而有信，那麼十九人中當可有半數活命，日後尙可再設法報仇。但如由小師妹擲骰，贏則全師而退，輸了全軍覆沒，未免太過凶險。他眼光向同門衆人緩緩望去。

一名藍衣大漢大聲道：「小師妹說得不錯，我們同生共死，請小師妹擲好了。否則就算是我贏了，也不能獨活。」七八人隨聲附和。

韋小寶笑道：「好！小姑娘，你先擲！」將骰盆向那少女面前一推。

那少女望著那青年，要瞧他眼色行事。那青年點頭道：「小師妹，生死有命，你大膽擲好了。反正大夥兒同生共死！」

那少女伸手到碗中抓起四粒骰子，長長的睫毛垂了下來，突然抬起頭來，向韋小寶看了一眼，拿著骰子的手微微發抖，一鬆手，四粒骰子跌下碟去，發出清脆的響聲。那少女閉上了眼，竟不敢看，只聽得耳邊響起一陣叫聲：「三！三！三！三點！」夾雜著眾侍衛官兵笑罵之聲。那少女雖不懂骰子的賭法，但聽得敵人歡笑叫嚷，料想自己這一把骰擲得極差，緩緩睜眼，果見眾同門人人臉色慘白。

四粒骰子最大的可擲到一對及六點和三點的至尊，其次天對、地對、人對、和對、梅花、長三、板凳、牛頭等等對子，即使不成對，也有九點以至四點都比三點爲大。這三點一擲出來，十成中已輸了九成九，就算韋小寶也擲了三點，他是莊家，三點吃三點，還是能砍了十九人的腦袋。

一名藍衫漢子突然叫道：「我的腦袋，由我自己來賭，別人擲的不算。」那道人怒道：「男子漢大丈夫，豈能如此貪生怕死？墮了我王屋派的威名。」韋小寶點頭道：「眾位都是王屋派的？」那道人道：「反正大夥兒是個死，跟你說了，也不打緊。」那藍衣漢子大聲道：「我是我爹娘生的，除了爹娘，誰都不能定我的生死。」那道人怒道：「小師妹擲骰子之前，你又不說，待她擲了三點，這才開腔。我王屋派中，沒你這號不成材的人物。」那漢子性命要緊，大聲道：「符五師叔，我不做王屋派門下弟子，也沒甚麼大不了。」另一名漢子冷冷的道：「你只求活命，其餘的甚麼都不在乎，是不是？」那漢子道：「這位少年將軍明明要我們一個個跟他賭。小師妹代擲骰子，你們答允了，我出聲答允了沒有？」

那藍衣青年森然道：「好，元師兄，從此刻起，你不是王屋派門下弟子。你自己和他賭過罷。」那姓元的道：「不是就不是好了。」

韋小寶道：「你姓元，叫甚麼名字？」那姓元的微一遲疑，眼見同門已成仇人，自己若說假名，必給揭穿，說道：「在下元義方。」那青年哼了一聲，道：「閣下不妨改個名字，叫作元方。」韋小寶道：「爲甚麼改名哪？嗯，元方，元方，少了個『義』字，他是罵你沒義氣。喂，王屋派的各位朋友，還有那一位要自己賭的？」注目向衆藍衫人中望去，只見有兩人口唇微動，似欲自賭，但一遲疑間，終於不說。

韋小寶道：「很好，王屋派門下，人人英雄豪傑，很有義氣。這位元兄，反正不是王屋派的，他有沒有義氣，跟王屋派並不相干。」那青年微微一笑，道：「多謝你了。」

韋小寶道：「來人，斟上酒來！我跟這裏十八位朋友喝上一杯，待會是輸是贏，總之是生離死別。這十八位義氣深重的朋友，不可不交。」手下軍士斟上十九杯酒，在韋小寶面前放了一杯，十八個藍衫人各遞一杯。衆人見他們爲首的青年接了，也都接過。

那青年朗聲道：「我們跟滿洲韃子是決不交朋友的。只是你爲人爽氣，對我王屋派又很看重，跟你喝這一杯酒也不打緊。」韋小寶道：「好，乾了！」一飲而盡。那十八人也都喝了，紛紛將酒杯擲在地下。元義方鐵青著臉，轉過了頭不看。

韋小寶喝道：「伺候十八柄快刀，我這一把骰子，只須擲到三點以上，便將這十八位好朋友的腦袋都給割了下來。」衆軍官轟然答應，十八名軍官提起刀劍，站在那十八人之後。

韋小寶心想：「我這副骰子做了手腳，要擲成一點兩點，本也不難。只是近來少有練習，手上功夫生疏了，剛才想擲天一對，卻擲成了個六點，要是稍有差池，不免害了這十八人的性命。這些臭男子倒也罷了，這花朵般的小姑娘死了，豈不可惜？」

他拿起四枚骰子，在手中搖了搖，自己吹了口氣，手指輕轉，一把擲下，隨即左掌掩住碗口。只聽得骰子滾了幾滾，定了下來，他沒有把握，手指離開一縫，湊眼望去，只見四枚骰子中一枚兩點，一枚三點，一枚一點，一枚四點，湊起來剛好是十點彆十。彆十便是無點，小到無可再小。他本已打定主意，倘若手法不靈，擲成三點以上，隨口便說是兩點一點，晃動骰碗，擾了骰子，從此死無對證，對方自然大喜過望，自己部屬最多只心中起疑，沒人敢公然責難。現下作弊成功，大喜之下，罵道：「他媽的，老子這隻手該當砍掉了才是！」左手在自己右手背上重擊數下。

衆人看到了骰子，都大叫出聲：「彆十，彆十！」

那些藍衣人死裏逃生，忍不住縱聲歡呼。那爲首的藍衣青年望著韋小寶，心想：「滿洲韃子不講信義，不知他說過的話是否算數？」

韋小寶將賭枱上的銀子一推，說道：「贏了銀子，拿了去啊。難道還想再賭？」

那青年道：「銀子是不敢領了。閣下言而有信，是位英雄。後會有期。」一拱手，轉身欲走。韋小寶道：「喂，你贏了錢不拿，豈不是瞧不起在下花差花差小寶？」那青年心想：「身在險地，不可多有躭擱。」說道：「那麼多謝了。」十八人都拿了銀子，轉身出帳。

韋小寶的一雙眼睛一直盯在那少女臉上。她取了銀子後，忍不住向韋小寶瞧了一眼。四目交投，那少女臉上一紅，微微一笑，低聲道：「謝謝你。」走了兩步，轉頭說道：「小將軍，你這四枚骰子，給了我成不成？」韋小寶笑道：「成啊，有甚麼不可以。你拿去跟師兄們賭錢麼？」那少女微笑道：「不是的。我要好好留著，剛才眞把我性命嚇丟了半條。」韋小寶抓起四枚骰子，放在她手裏，乘勢在她手腕上輕輕一揑，這一下便宜，總是要討的。

那少女又道：「謝謝你。」快步出帳。

元義方見衆同門出帳，跟著便要出去。韋小寶道：「喂，我可沒跟你賭過。」元義方臉上登時全無血色，心想：「這件事可眞錯了，早知他會擲成彆十，我又何必枉作小人。」說道：「將軍沒了骰子，我……我只道不賭了。」韋小寶道：「爲甚麼不賭？甚麼都可賭，豁拳可以賭，滾銅錢也可賭。」隨手抓起一疊銀票，道：「你猜猜，這裏一共多少兩銀子。」元義方道：「那怎猜得到？」韋小寶一拍桌子，喝道：「這匪徒，對本將軍無禮，拿出去砍了！」衆軍官齊聲答應。

元義方嚇得面如土色，雙膝一軟，跪倒在地，說道：「小……小人不敢，大將軍……大將軍饒命。」韋小寶大樂，心想：「這傢伙叫我大將軍。」喝道：「我問你甚麼，一句句從實招來，若有絲毫隱瞞，砍下你腦袋。」元義方連聲道：「是，是！」

韋小寶命人取過足鐐手銬，將他銬上了，吩咐輸了銀子的衆軍官、軍士取回賭本，退了出去，帳中只剩張康年、趙齊賢兩名侍衛，以及驍騎營參領富春。當下由張康年審訊，他問一句，元義方答一句，果然毫無隱瞞。

原來王屋派掌門人司徒伯雷，本是明朝的一名副將，隸屬山海關總兵吳三桂部下，抗拒滿洲入侵，驍勇善戰，頗立功勛。後來李自成打破北京，吳三桂引淸兵入關，司徒伯雷領兵與李自成部作戰，奮勇殺敵，攻回北京。當時他只道清兵入關，是爲崇禎皇帝報仇，那知清兵卻乘機佔了漢人江山，吳三桂做了大漢奸。司徒伯雷大怒之下，立即棄官，到王屋山隱居。他舊時部屬頗有許多不願投降滿清的，便都在王屋山聚居。司徒伯雷武功本高，閒來以武功傳授舊部，時日既久，自然而然的成了個王屋派。那是先有師徒，再有門派，與別的門派頗不相同。說起司徒伯雷的名字，張康年等倒也曾有所聞。

元義方說道，那帶頭的青年是司徒伯雷的兒子司徒鶴，其餘的有些是同門師兄弟，有幾個年長的，他們以師叔相稱。那少女名叫曾柔，她父親是司徒伯雷的舊部，已於數年之前過世，臨終時命她拜在老上司門下。

他們最近得到訊息，吳三桂的兒子吳應熊到了北京，司徒掌門便派他們來和他相見。路經此處，見到清兵軍營，司徒鶴少年好事，潛入窺探，見衆人正在大賭，便欲動手搶劫，其意倒還不在錢財，卻是志在殺一殺清兵的氣燄。

韋小寶問道：「你們去見吳三桂的兒子，爲了甚麼？」元義方道：「師父吩咐，命我們想法子擒了他去王屋山，以此要挾吳三桂，迫他……迫他……」韋小寶道：「怎麼？迫他造反？」元義方道：「是師父說的，可與小人不相干。小人忠於大淸，決不敢造反。小人今日和王屋派一刀兩斷，就是不肯附逆，棄暗投明，陣前起義。」韋小寶一腳踢去，笑罵：「他媽的，你還是個大大的義士啦。」元義方毫不閃避，挨了他這一腳，說道：「是，是！全仗將軍大人栽培。小人今後給將軍大人做奴做僕，忠心耿耿，赴湯蹈火，在所不辭。」

韋小寶心想對方這一下殺了三名御前侍衛，自己卻放了司徒鶴、曾柔一干人，只怕張康年等侍衛不服，至少也要怪老子擲骰子的運氣太也差勁，眼前這件案子，總須給大家一些好處，才是做大莊家的面子，沉吟半晌，已有了主意，伸手在桌上重重一拍，喝道：「你這大膽反賊，明明是去跟吳三桂勾結，造反作亂，卻說要綁架他兒子。你得了吳三桂多少好處，卻替他隱瞞？他媽的王八蛋，來人哪！給我重重的打！」

帳外走進七八名軍士，將元義方撳翻在地，一頓軍棍，只打得皮開肉綻。

韋小寶道：「你招了不招？你說要去綁架吳三桂的兒子，怎麼到我們軍營來殺害御前侍衛？御前侍衛和驍騎營，都是皇上最最親信之人，你們得罪了御前侍衛和驍騎營，就是不給皇上面子。」張康年、富春等一聽，心下大爲受用，一齊出聲威嚇。

韋小寶道：「這傢伙花言巧語，捏造了一片謊話來騙人。這等反賊，不打那有眞話？再給我打！」衆軍士一陣吆喝，軍棍亂下。元義方大叫：「別打，別打！小人願招！」韋小寶問道：「你們在王屋山上住的，共有多少人？」元義方道：「共有四百多人。」韋小寶又問：「連帶家人呢？」元義方道：「總有二千來人罷！」韋小寶拍案罵道：「操你個奶奶雄，那有這麼少的？給我打！」元義方叫道：「別打，別打！有……

有四千……五千多人！」

韋小寶大罵：「操你奶奶的十八代老祖宗，說話不爽爽快快的，九千就是九千，為甚麼說四千、五千，分開來說？」元義方道：「是，是，有九千多人。」韋小寶道：「你們這等反賊，那有說眞話的？說九千多人，至少有一萬九千。」砰的一聲，在桌上一拍，喝道：「在王屋山聚衆造反的，到底有多少人？」

元義方聽出了他口氣，人數說得越多，小將軍越歡喜，便道：「聽說……聽說共有三萬來人。」韋小寶喜道：「是啊，這才差不多了。」轉頭向參領富春道：「這賤骨頭不打不招。」富春道：「正是，還得狠狠的打。」

元義方叫道：「不用打了。將軍大人問甚麼，小人招甚麼。」早已打定了主意，總之是順著這小將軍的口風，以免皮肉受苦。

韋小寶道：「你們這三萬多人，個個都練武藝，是不是？剛才那小姑娘，只十四五歲年紀，也練了武藝。你們都是吳三桂的舊部，有些年輕的，是他部下將領的子女，是不是？」元義方道：「是，是。大家都……都會武藝，都是吳三桂的舊部。」韋小寶道：「你們的首領司徒伯雷，以前是吳三桂的愛將，打仗是很厲害的，是不是？他說要把我們滿洲人都殺光了？」元義方道：「這是他大逆不道的言語，非常……非常之不對。」韋小寶道：「他派你們去北京見吳三桂的兒子，商量如何造反。為甚麼不到雲南去，跟吳三桂當面商量？」

元義方道：「這個……這個……恐怕……恐怕別有原因。」實則他們只是要綁架吳應熊，對韋小寶這句話倒不易回答。

韋小寶怒道：「混蛋！甚麼別有原因？你們那司徒伯雷自己早已去過雲南，跟吳三桂一切都說好了，是不是？」元義方道：「好像……好像是的。」韋小寶罵道：「甚麼好像不好像？他媽的，是就是，不是就不是。」元義方道：「是……是的，去……去過的。」

張康年、趙齊賢、富春三人聽得韋小寶一路指引，漸漸將一件造反謀叛的大逆案攀到平西王吳三桂頭上，不由得面面相覷，暗暗躭心，不知他是甚麼用意。

韋小寶又問：「司徒伯雷是吳三桂的愛將，帶著這三萬多精兵，爲甚麼不駐紮在雲南？你奶奶的，王屋山在甚麼地方？」心想：「倘若王屋山也在雲南，這句問話可不對了。」幸好元義方答道：「在河南省濟源縣。」但韋小寶可也不知河南省濟源縣在甚麼地方，說道：「那離北京很近，是不是？」元義方道：「也不太遠。」韋小寶罵道：「操你奶奶，很近就很近。甚麼也不太遠！」元義方道：「是，是，很近，很近。」

韋小寶道：「好啊，那離北京近得很哪！你們這些反賊，用意當眞惡毒，在京城附近山裏伏下了一支精兵。吳三桂在雲南一造反，你們立刻從山裏殺將出來，直撲北京，將我們這些御前侍衛、驍騎營親兵，一個個砍瓜切菜，只殺得血流成河，屍積如山，沙塵滾滾，屁滾尿流，是不是？」元義方磕頭道：「這是吳三桂跟司徒伯雷兩個反賊大逆不道的陰謀，跟小人可不……可不相干。」

韋小寶微微一笑，心道：「你這傢伙倒乖巧得緊。」問道：「你們王屋派中，在吳三桂部下當過軍官兵卒的，有那些人，一一招來。」元義方道：「人數多得很。」當下說了許多人的姓名，那倒並非揑造。韋小寶道：「很好！你把這些人的姓名都寫下來，他們以前在吳三桂部下當甚麼官職，也都一一寫明。」元義方道：「有些……有些小人不大清楚。」韋小寶道：「你不清楚？拖下去再打三十棍，你就清楚了。」元義方忙道：「不……不用打，小人都……都記起來啦。」

軍士拿來紙筆，元義方便書寫名單。韋小寶見他寫了半天也沒寫完，心中不耐，對張康年道：「這人的口供，叫師爺都錄了下來。」向元義方喝道：「你剛才說的口供，去跟師爺再說一遍。說得有半句不清楚的，砍了你的腦袋。帶了下去！」兩名軍官拉了他下去。

韋小寶笑嘻嘻的道：「三位老兄，咱們這次可眞交上了運啦，破了這件天大的造反案子，咱四人非大大升官不可。」張康年等三人驚喜交集。趙齊賢道：「這是都統大人的明見英斷，屬下有甚麼功勞？」韋小寶道：「見者有份，人人都有功勞。」

張康年道：「說平西王造反，不知道夠不夠證據？」韋小寶道：「這批王屋山的反賊要造反，總不是假的罷？他們上北京去見吳三桂的兒子，能有甚麼好事幹出來？」張康年道：「這姓元的說，他們要綁架平西王世子，逼迫平西王造反，那麼王屋派事先恐怕未必跟他們有甚麼聯絡。」韋小寶道：「張大哥跟平西王府的人很有來往，內情知道得很多，是不是？倘若他們造反成功，平西王做了皇帝，嘿嘿。」

張康年聽他語氣不善，大吃一驚，忙道：「平西王府中的人，我一個也不識。都……都統大人說……說得是，吳三桂那廝大……大逆不道，咱們立……立刻去向皇上告狀。」

韋小寶道：「請三位去跟師爺商量一下，怎麼寫這道奏章。」

張康年等三人和軍中文案師爺寫好了奏章，讀給韋小寶聽，內容一如元義方的招供，王屋山中吳三桂舊部諸人的名單，附於其後。奏摺中加油添醬，叙述韋小寶日間見到反賊，夜裏在營中假裝不備，引其來襲，反賊兇悍異常，韋小寶率衆奮戰，身先士卒，生擒賊魁元逆義方，得悉逆謀。御前侍衛葛通等三人，忠勇殉國，求皇上恩典，對三人家屬厚加撫卹。

韋小寶聽了，說道：「把富參領和張趙兩位侍衛頭領的功勞也多說上幾句。」富春等三人大喜道謝。韋小寶又道：「再加上幾句，說咱們把反賊一十九人都擒住了，反賊卻說甚麼也不肯吐露逆謀，我便依據皇上先前所授方略，故意釋放一十八名反賊，這才將全部逆謀查得明明白白。」三人齊道：「放走一十八名反賊，原來是皇上所授方略？」

韋小寶道：「這個自然，我小小年紀，那有這等聰明？若不是皇上有先見之明，這一樁大逆謀怎查得出？」

韋小寶說的是先前康熙命他放走吳立身、敖彪、劉一舟三人，以便查知刺客入宮爲逆的眞相。張康年等卻以爲王屋派來襲之事，早爲皇上所知，那麼誣攀吳三桂，也是皇上先有授意了，眼見一場大富貴平白無端的送到手中，無不大喜過望，向韋小寶千恩萬謝。

按照滿清規矩，將軍出征，若非奉有詔書，不得擅回，韋小寶離北京雖不過二十里，卻也不能自行回宮向康熙親奏，當下命兩名佐領、十名御前侍衛，領了一個牛彔三百名兵士（按：八旗兵三百人爲一牛彔，牛彔爲「大箭」之意，爲首者持大箭爲令符，約相當於今之兩連隊。五牛彔爲一甲喇。五甲喇爲一固山。），連夜押了元義方去奏知康熙。他心下得意：「這一下搞得吳三桂可夠慘的了。沐王府跟我們天地會比賽，要瞧是誰先鬥倒鬥垮吳三桂。老子今日對兩位師父都立了大功，天地會的陳師父歡喜，皇帝師父也必歡喜。」

次日領軍緩緩南行，到得中午時分，兩名御前侍衛從京中快馬追來，說道：「皇上有密旨。」韋小寶大喜，當即召集衆侍衛、驍騎營衆軍官在中帳接旨。

那宣旨的侍衛站在中間，朗聲說道：「驍騎營正黃旗副都統兼御前侍衛副總管韋小寶聽者：朕叫你去少林寺辦事，誰叫你中途多管閒事？聽信小人的胡說八道，誣陷功臣，這樣瞎搞，豈不令藩王寒心？那些亂七八糟的說話，從此不許再提，若有一言一語洩漏了出去，大家提了腦袋回京來見朕罷。欽此。」

韋小寶一聽，只嚇得背上出了一身冷汗，只得磕頭謝恩。中軍帳內人人面無目光，好生羞慚。富春、張康年等不敢多說，心想你這小孩兒胡鬧，皇上不降罪，總算待你很好了，眼下你心情惡劣，沒的找釘子來碰，各人辭了出去。

那傳旨的侍衞走到韋小寶身旁，在他耳邊低聲道：「皇上吩咐，叫你一切小心在意。」韋小寶道：「是，皇上恩典，奴才韋小寶感激萬分。」取出四百兩銀子，送了兩名侍衞。侍兩人走後，甚是納悶：「難道皇帝知道我誣攀吳三桂？還是元義方那廝到了北京之後又翻供，說我屈打成招？看來皇上對吳三桂好得很，若要扳倒他，倒挺不容易。」

傍晚時分，押解元義方的侍衞和驍騎營官兵趕了上來。韋小寶碰了這個大釘子，大家賭錢也沒興致了。一路無話，不一日，到了嵩山少林寺。

住持得報有聖旨到，率領僧衆，迎下山來，將韋小寶一行接入寺中。

韋小寶取出聖旨，拆開封套，由張康年宣讀，只聽他長篇大論的讀了不少，甚麼「法師等深悟玄機，早識妙理，克建嘉猷，夾輔皇畿」，甚麼「梵天宮殿，懸日月之光華，佛地園林，動煙雲之氣色」，甚麼「雲繞嵩嶽，鸞迴少室，草垂仙露，林昇佛日，倬焉梵衆，代有明哲」，跟著讀到封少林寺住持晦聰爲「護國佑聖禪師」，所有五台山建功的十八名少林僧皆有封賞，最後讀道：「茲遣驍騎營正黃旗副都統、兼御前侍衛副總管、欽賜穿黃馬褂韋小寶爲朕替身，在少林寺出家爲僧，御賜度牒法器，著即剃度，欽此。」

前面那些文謅謅的駢四驪六，韋小寶聽了不知所云，後面這段話卻是懂的，不由得臉上變色。康熙要他去五台山做和尚，他是答允了的，萬料不到竟會叫他在少林寺剃度。這道聖旨一直在他身邊，可是不到地頭，怎敢拆開偷看？何況就算看了，也不識其中寫些甚麼。

晦聰禪師率僧衆謝恩。衆軍官取出犒賞物事分發。韋小寶在旁看著，心下滿不是味兒。

晦聰禪師道：「韋大人代皇上出家，那是本寺的殊榮。」當即取出剃刀，說道：「韋大人是皇上替身，非同小可，即是老衲，也不敢做你師父。老衲代先師收你爲弟子，你是老衲的師弟，法名晦明。少林合寺之中，晦字輩的，就只你和老衲二人。」

韋小寶到此地步，只得滿目含淚，跪下受剃。晦聰禪師先用剃刀在他頭頂剃三刀，便有剃度僧將他頭上本已燒得稀稀落落的頭髮剃個清光。晦聰禪師說偈道：「少林素壁，不以爲礙。代帝出家，不以爲泰。塵土榮華，昔晦今明。不去不來，何損何增！」取過皇帝的御賜度牒，將「晦明」兩字塡入牒中，引他跪拜如來，衆僧齊宣佛號。

韋小寶心中大罵：「你老賊禿十八代祖宗不積德，卻來剃老子的頭髮。你唸一聲阿彌陀佛，老子肚裏罵一聲辣塊媽媽。」突然間悲從中來，放聲大哭。滿殿軍官盡皆驚得呆了。衆僧朗誦佛號，無人理他。韋小寶哭了一會，也只得收淚。

晦聰禪師道：「師弟，本寺僧衆，眼下以『大覺觀晦，澄淨華嚴』八字排行。本師觀證禪師，已於二十八年前圓寂，寺中澄字輩諸僧，都是你的師姪。」

當下羣僧順次上前參見，其中澄心、澄光、澄通等都是跟他頗有交情的。

韋小寶見到一個個白鬚如銀的澄字輩老和尚都稱自己爲師叔，淨字輩中也有不少和尚年紀已老，竟稱自己爲師叔祖，倒也有趣，即是華字輩的衆僧，也有三四十歲的，參拜之時竟然口稱太師叔祖，忍不住哈哈大笑。衆人見他臉上淚珠未擦，忽又大笑，無不莞爾。

康熙派遣御前侍衛、驍騎營親兵來到少林寺，原來不過護送韋小寶前來剃度出家，但皇帝替身，豈同尋常，若非如此大張旗鼓，怎能在少林羣僧心目中顯得此事的隆重？驍騎營參領富春、御前侍衛趙齊賢、張康年等向韋小寶告別。韋小寶取出三百兩銀子，要張康年在山下租賃民房，讓雙兒居住。少林寺向來不接待女施主入寺，雙兒雖已改穿了男裝，但達摩院十八羅漢都認得她是韋小寶的丫頭，是以她候在山下，只道傳過聖旨、封贈犒賞之後，韋小寶便即下山回京，那料到他竟會在寺中出家。

韋小寶既是皇帝的替身，又是晦字輩「高僧」，在寺中自是身分尊崇。方丈撥了一座大禪房給他。晦聰方丈道：「師弟在寺中一切自由，朝晚功課，亦可自便，除了殺生、偷盜、邪淫、妄語、飲酒五大戒之外，其餘小戒，可守可不守。」跟著解釋五戒是甚麼意思。

韋小寶心想：「這五戒之中，妄語一戒，老子是說甚麼也不守的了。」問道：「戒不戒賭？」晦聰方丈一怔，問道：「甚麼賭？」韋小寶問道：「賭錢哪？」晦聰微微一笑，說道：「五大戒中，並無賭戒。旁人要守，師弟任便。」韋小寶心想：「他媽的，我一個人不戒有甚麼用？難道自己跟自己賭？」

在寺中住了數日，百無聊賴，尋思：「小玄子要我去服侍老皇爺，卻叫我先在少林寺出家，不知甚麼時候才讓我去五台山？」這日信步走到羅漢堂外，只見澄通帶著六名弟子正在練武，衆僧見他到來，一齊躬身行禮。

韋小寶揮手道：「不必多禮，你們練自己的。」但見淨字輩六僧拳腳精嚴，出手狠捷，拆招之時又變化多端，比之自己這位師叔祖，委實高明得太多。聽得澄通出言指點，這一拳如何剛猛有餘，韌勁不足，這一腳又如何部位偏了，踢得太高，韋小寶全不明白，瞧得索然無味，轉身便走。

心想：「常聽人說，少林寺武功天下第一，我來到寺裏做和尚，不學功夫豈不可惜？」突然間恍然大悟：「啊喲，是了！海大富這老烏龜教給我的狗屁少林派武功是假的，管不了用，小玄子叫我在少林寺出家，是要我學些少林派的眞本事，好去保護老皇爺。可是我的師父在二十八年前早就死了，誰來教我功夫？」沉吟半晌，又明白了一事：「住持老和尚叫我做他師弟，原來就是要讓我沒師父，沒人可教功夫。這老賊禿好生奸猾。嗯，是了，他見我是皇帝親信，乃是滿洲大官，決不肯把上乘武功傳給我這小韃子。哼，你不教我，難道我不會自己瞧著學嗎？」

武林中傳授武功之時，若有人在旁觀看，原是任何門派的大忌，但這位晦明禪師乃本寺「前輩高僧」，本派徒子徒孫傳功練武，他要在旁瞧瞧，任誰都不能有何異議。他在寺中各院東張西望，見到有人練武習藝，便站定了看上一會。只可惜這位「高僧」的根柢實在太過低淺，當日海大富所教的既非眞實功夫，陳近南所傳的那本內功秘訣，他又沒練過幾天。少林派武功博大精深，這樣隨便看看，豈能有所得益？何況他又沒耐心多看。

在少林寺中遊蕩了月餘，武功一點也沒學到。但他性子隨和，喜愛交結朋友，在寺中是位份僅次於方丈的前輩，既肯和人下交，所有僧衆自是對他十分親熱。

這一日春風和暢，韋小寶只覺全身暖洋洋地，躭在寺中與和尚爲伴，實在不是滋味，於是出了寺門，信步下山，心想好久沒見雙兒，不知這小丫頭獨個兒過得怎樣，要去瞧瞧她，再者在寺裏日日吃素，青菜豆腐的祖宗早給他罵過幾千幾萬次，得要雙兒買些鷄鴨魚肉，讓大和尚飽餐一頓。

行近寺外迎客亭，忽聽得一陣爭吵之聲，他心中一喜：「妙極，妙極！有人吵架。」快步上前，只聽得幾個男人的聲音之中，夾著女子的淸脆嗓音。

走到臨近，只見亭中兩個年輕女子，正和本寺四名僧人爭鬧。四僧見到韋小寶，齊道：「師叔祖來了，請他老人家評評這道理。」迎出亭來，向他合什躬身。這四僧都是淨字輩的，韋小寶知他們職司接待施主外客，平日能言善道，和藹可親，不知何故竟會跟兩個年輕女子爭鬧起來。看這兩個女子時，一個二十歲左右，身穿藍衫，面目秀麗，另一個年紀更小，不過十六七歲，身穿淡綠衣衫。

韋小寶一見這少女，不由得心中突的一跳，胸口宛如給一個無形鐵錘重重擊了一記，霎時之間唇燥舌乾，目瞪口呆，心道：「我死了，我死了！那裏來的這樣的美女？這美女倘若給了我做老婆，小皇帝跟我換位我也不幹。韋小寶死皮賴活，上天下地，槍林箭雨，刀山油鍋，不管怎樣，非娶了這姑娘做老婆不可！」

兩個少女見四僧叫這小和尚爲「師叔祖」，執禮甚恭，甚是奇怪，正驚奇間，便見他雙目發呆，牢牢的盯住綠衣女郎。縱是尋常男子，如此無禮也十分不該，何況他是出家僧人？那綠衣女郎臉上一紅，轉過了頭，那藍衣女郎更滿臉怒色。

韋小寶兀自不覺，心道：「她為甚麼轉過頭去？她臉上這麼微微一紅，麗春院中一百個小娘站在一起，也沒她一根眉毛好看。她只要笑一笑，我就給她一萬兩銀子，那也抵得很。」又想：「方姑娘、小郡主、洪夫人、建寧公主、雙兒小丫頭，還有那個擲骰子的曾姑娘，個個是出色美女，但這許許多多人加起來，都沒眼前這位天仙的美貌。我韋小寶不做皇帝、不做神龍教教主、不做天地會總舵主，甚麼黃馬褂七眼八眼花翎、一品二品大官，更加不放在心上，我……我非做這小姑娘的老公不可。」頃刻之間，心中轉過了無數念頭，立下了赴湯蹈火、萬死不辭的大決心，臉上神色古怪之極。

四僧二女見他忽爾眉花眼笑，忽爾咬牙切齒，便似顛狂一般。少林僧淨濟和淨清連叫數聲：「師叔祖，師叔祖！」韋小寶只是不覺。過了好一會，才似從夢中醒來，舒了口長氣。

那藍衫女郎初時還道他好色輕薄，後來又見神色不像，看來這小和尚多半是個白痴，心下好笑，問道：「這小和尚是你們的師叔祖？」

淨濟忙道：「姑娘言語可得客氣些。這位高僧法名上晦下明，是本寺兩位晦字輩的高僧之一，乃住持方丈的師弟。」兩個女郎都微微一驚，隨即更覺好笑，搖頭不信。那綠衣女郎笑道：「師姊，他騙人，我們才不上當呢。這個小……小法師，怎麼會是甚麼高僧了？」

這幾句話清脆嬌媚，輕柔欲融，韋小寶只聽得魂飛魄散，忍不住學道：「這個小……小法師，怎麼會是甚麼高僧了？」這句話一學，輕薄無賴之意表露無遺。

兩個女郎立即沉下臉來，四名淨字輩的僧人也覺這位小師叔祖太也失態，甚感羞愧。

那藍衫女郎哼了一聲，問道：「你是少林寺的高僧？」韋小寶道：「僧就是僧，卻不是甚麼高僧，你瞧我這麼矮，只不過是個矮僧。」藍衫女郎雙眉一軒，朗聲道：「我們聽人說道，少林寺是天下武學的總匯，七十二門絕藝深不可測。我師姊妹倆心中羨慕，特來瞻仰，不料武功固然平平，寺裏和尚更加不守清規，油嘴滑舌，便如市井流氓一般，令人好生失望。師妹，咱們走罷！」說著轉身出亭。

淨清攔在她身前，說道：「女施主來到少林寺，行兇打人，就算要走，也得留下尊師的名號。」

韋小寶聽到「行兇打人」四字，心想：「原來她們打過人了，怪不得淨清他們要不依爭吵。」一見淨清、淨濟二人左頰上都有個紅紅的掌印，顯是各已吃了一記巴掌。他和寺中僧衆閒談，早知這幾個知客僧的武功，在寺中屬於最末流，方丈便因他們口齒伶俐而武功極低，才派他們接待來寺隨喜的施主。少林寺在武林中享大名千餘年，每月前來寺中領教的武人指不勝屈，知客僧武功低微，便不致跟人動手，否則的話，少林禪寺變成了動武打架的場子，既礙清修，更大違佛家慈悲無諍之義，兼且不成體統。

那藍衫女郎顯然不知其中緣由，只覺一出手便打了兩名少林僧，心下甚是得意，說道：「憑你們這一點功夫，也想要姑娘留下師父的名號，哼，你們配不配？」

淨濟適才吃過她的苦頭，心知憑著自己這裏五人，沒法截得住她們，這兩個少女下山去一加宣揚，說來到少林寺中打了兩個和尚，揚長而去，對方連自己的來歷也不知道，少林寺的名頭往那裏擱去？便道：「我們四僧職司接待施主，武功低微之極，出家人和氣爲本，豈可妄自跟人動手？兩位既要領教敝寺武功，請待貧僧去請幾位師伯師叔來，讓兩位見見便了。」說著轉身往寺中奔去。

突然間藍影一晃，淨濟怒喝：「你……」啪的一聲，摔了個觔斗，卻是那藍衫女郎搶了過去，伸足勾了他一交。淨濟躍起身來，怒道：「女施主，你怎地……」那藍衫女郎哈哈一笑，右拳出擊，淨濟忙挺右臂擋格。藍衫女郎左手一帶，喀喇一聲，竟將他右臂關節卸脫。只聽得喀喇、喀喀、格格之聲連響，她頃刻之間，又將餘下三僧或斷腕骨，或脫臂臼。四僧退在一旁，已全無抵禦之能。淨濟轉身便奔，回入寺中報信。

韋小寶嚇得手足無措，不知如何是好，突然間後領一緊，已讓人抓住，這一抓連著他後頸中要穴一起拿住，登時全身發軟，使不出力氣。

眼見藍衫女郎站在前面，那麼抓住他後領的，自然是綠衫女郎了，他心中狂喜，大叫：「妙極，妙極！」既已給她這麼一抓，就不枉了在這人世走一遭，最好她再在自己身上踢幾腳，在頭頂鑿幾拳，就算立即給打死了，那也滋味無窮，艷福不淺。這時鼻中聞到一陣淡淡幽香，便叫：「好香，好香！」

藍衫女郎怒道：「這小賊禿壞得很，師妹，你把他鼻子割下來。」韋小寶只聽得身後一個嬌媚的聲音道：「好！我先挖了他一雙賊忒兮兮的眼睛。」便覺一根溫軟膩滑的手指尖按到了他左眼皮上。韋小寶叫道：「你慢慢的挖，可別太快了。」那女郎奇道：「爲甚麼？」韋小寶道：「最好你這樣抓住我，抓一輩子，永遠不放。」那女郎怒道：「小和尚，你死到臨頭，還在跟我風言風語？」

韋小寶只覺左眼陡然劇痛，那女郎竟眞的要挖出他眼珠，大駭之下，彎腰低頭，滿腔風情登時丟到九霄雲外，雙手反撩，只盼格開她抓住自己後領的那隻手。那女郎一拳打在他後心。韋小寶大叫：「哎喲，媽呀！」雙手反過來亂抓亂舞，不知不覺的使上了洪敎主所授的半招「狄靑降龍」，突然之間，雙手手掌中軟綿綿地，竟然抓住了那女郎胸口。

這一式本爲虛招，只是要逼得背後敵人縮身，然後倒翻觔斗，騎在敵人頸中，豈知那女郎並無臨敵經歷，不提防給韋小寶抓住了胸部。那「狄靑降龍」前半招的結果既大不相同，後半招便也使不出來。

那女郎驚羞交加，雙手自外向內拗入，兜住韋小寶雙臂，喀喇一聲，已拗斷了他雙臂臂彎關節，這招「乳燕歸巢」名目溫雅，卻是「分筋錯骨手」中的一記殺著，跟著飛腿將韋小寶踢出丈許。那女郎氣惱之極，拔出腰間柳葉刀，猛力向韋小寶背心斬落。

韋小寶忙一個打滾，滾到了亭心的石桌之下。那女郎一刀斬在地下，火星四濺，左足踢出，將韋小寶從桌子底下踢了出來。藍衫女郎叫道：「師妹，不可殺人！」綠衫女郎恍若不聞，又是一刀，重重砍在韋小寶背上。韋小寶又叫：「哎喲，我的媽啊！」綠衫女郎再砍了兩刀，只砍得韋小寶奇痛徹骨，幸有寶衣護身，卻未受傷。

綠衫女郎還待再砍，藍衫女郎抽出刀來，噹的一聲，架住了她鋼刀，叫道：「這小和尚活不成啦，咱們快走！」她想在少林寺殺了廟中僧人，這禍可闖得不小。

綠衫女郎受了重大侮辱，又以爲已將這小和尚殺死，驚羞交集，突然間淚水滾下雙頰，手臂一彎，揮刀往自己脖子抹去。藍衫女郎大驚，急忙伸刀去格，雖將她刀刃擋開，但刀尖還是劃過頸中，鮮血直冒。藍衫女郎驚叫：「師妹……你……你幹甚麼？」綠衫女郎眼前一黑，暈倒在地。

藍衫女郎拋下鋼刀，抱住了她，只是驚叫：「師妹，你……你……死不得。」

忽聽身後有人說道：「阿彌陀佛，快快救治。」藍衫女郎哭道：「救……救不了啦。」只見一隻手從背後伸過來，手指連動，點了綠衫女郎頸中傷口周圍的穴道，說道：「救人要緊，姑娘莫怪。」嗤嗤聲響，那人撕下衣襟，包住綠衫女郎的頭頸，俯身將她抱起。藍衫女郎手足無措，站起身來，見那人是個白鬚垂胸的老僧，抱了綠衫女郎，快步向山上奔去。她惶急之下，只得跟隨其後，見那老僧抱著師妹進了少林寺山門，當即跟了進去。

韋小寶從石桌下鑽出，雙臂早已不屬己有，軟軟的垂在身旁，心想：「這……這姑娘好狠，幹麼要自尋短見，倘若當眞死了，那怎麼辦？我……我還是逃他媽的罷。」但一想到那少女的絕世容顏，心口一熱，打定主意：「逃是不能逃的，非得去瞧瞧她不可。」雙臂劇痛，額頭冷汗如黃豆般一滴滴洒將下來，支撑著上山。

只走得十餘步，寺中已有十多名僧人奔出，將他和淨字輩三僧扶回寺中。

他和四僧都是給卸脫了關節，擒拿跌打原是少林派武功之所長，當即有僧人過來給他們接上了臼。韋小寶迫不及待要去瞧那姑娘，問知那兩個女客的所在，忍著痛向東院禪房走去，剛繞過迴廊，只見八名僧人手執戒刀，迎面走來。

那八僧都是戒律院中的執事僧，爲首一人躬身說道：「師叔祖，方丈大師有請。」韋小寶道：「是了。我得先去瞧瞧那個小姑娘，看她是死是活。」那僧人道：「方丈大師在戒律院中相候，請師叔祖即刻過去。」韋小寶怒道：「他媽的，我說要去瞧那個美貌小姑娘，你沒聽到嗎？」他平時脾氣甚好，這時心中急了，在寺中竟也破口罵人。

八僧面面相覷，不敢阻攔，當下四僧在後跟隨，另四僧去傳淨濟等四名知客僧。

韋小寶來到東院禪房，問道：「小姑娘不會死嗎？」一名老僧道：「啓稟師叔，傷勢不重，小僧正在救治。」韋小寶當即放心。

那藍衫女郎站在門邊，指著韋小寶罵道：「都是這小和尚不好。」

韋小寶向她伸了伸舌頭，遲疑片刻，終於不敢進房去看，轉身走向戒律院來。只見院門大開，數十名僧人身披袈裟，兩旁站立，神情肅然。押著他過來的執刀四僧齊聲道：「啓稟方丈，晦明僧傳到。」韋小寶見了這等神情，心想：「你是大老爺審堂嗎？他奶奶的，搭甚麼臭架子？」走進大堂。只見佛像前點了數十枝蠟燭，方丈晦聰禪師站在左首，右首站著一位老僧，身材高大，不怒自威，乃是戒律院首座澄識禪師。淨濟、淨清等四僧站在下首。

晦聰禪師道：「師弟，拜過了如來。」韋小寶跪下禮佛。晦聰待他拜過後站起，說道：「半山亭中之事，相煩師弟向戒律院首座說知。」韋小寶道：「我聽得他們在吵架，便過去瞧瞧。至於到底爲甚麼吵架，可不知道了。淨濟，你來說罷。」

淨濟道：「是。」轉身說道：「啓稟方丈和首座師叔：弟子四人在半山亭中迎客，那兩位女施主要進寺隨喜，便婉言相告，本寺向來的規矩，不接待女施主。那位年紀較大的女施主說：『聽說少林寺自稱是武學正宗，七十二項絕藝，每一項都當世無敵，我們便是要來見識見識，到底是怎樣厲害法。』弟子道：『敝寺決不敢自稱武功當世無敵，天下各門各派，武功各有所長，少林寺以參禪禮佛爲主，武學乃是末節，如何敢狂妄自大？』」

晦聰方丈道：「那說得不錯，很得體啊。」

淨濟道：「那女施主道：『如此說來，少林派只不過浪得虛名，三腳貓的拳腳，不足一笑？』弟子道：『請教兩位女施主是何門派，是那一位武林前輩門下的高足？』」

晦聰道：「正是。這兩個年輕女子來本寺生事，瞧不起本派武功，必是大有來頭，該當問明她們的門派來歷。」

淨濟道：「那女子道：『你要知道我們的門派來歷嗎？那容易得很，一看就知道。』突然出手，將弟子和淨清師弟都打了一記巴掌。她出手極快，弟子事先又沒防備，慚愧得很，竟沒能避過。淨清師弟道：『兩位怎地動粗，出手打人？』那女子笑道：『你們問我們派來歷，口說無憑，出手見功，你們一看，不就知道了嗎？』說到這裏，晦明師叔祖就來了。」

澄識問道：「那位女施主出手打你，所使手法如何？」淨濟、淨清都低下頭去，說道：「弟子沒看清楚。」澄識問其餘二僧：「你們沒挨打，該看到那女施主的手法身法？」二僧道：「只聽得啪啪兩聲，兩位師兄就挨了打，那女子好像手也沒動，身子也沒動。」

澄識向方丈望去，候他示下。

晦聽凝思片刻，向執事僧道：「請達摩院、般若堂兩位首座過來。」過不多時，兩位首座先後到來。達摩院首座澄心，便是到五台山赴援的十八羅漢之首。般若堂的首座澄觀禪師是個八十來歲老僧。二僧向方丈見了禮。晦聽說道：「有兩位女施主來本寺生事，不知是甚麼門派，兩位博知多聞，請共同參詳。」當下說了經過。

澄心道：「四名師姪全沒看到她出手，可是兩人臉上已挨了一掌，這種武功，本派千葉手是有的，武當派迴風掌是有的，崑崙派落雁拳、崆峒派飛鳳手，也都有這等手法。」

晦聽道：「單憑這兩掌，瞧不出她武功門派。師弟，你又怎地和她們動手？」

韋小寶道：「那藍衫姑娘先將四個……四個和尚都打斷了手……」晦聽詢問四僧的手腕手臂如何脫臼。四僧連比帶說，演了當時情景。澄心凝神看了，逐一細問那女郎的手法，最後問韋小寶道：「請問師叔，那姑娘又如何折斷你老人家的雙臂？」

韋小寶道：「我老人家後領給那美貌姑娘一把抓住，登時全身酸麻，她抓在這裏。」說著一指後頸。澄心點頭道：「那是『大椎穴』，最是人身要穴。」韋小寶道：「我反手想格開她手臂，卻給她在背心上打了一拳，痛得要命。我老人家急了，反過手去亂抓，在她胸口抓了一把。這小姑娘也急了，弄斷了我手臂，又將我摔在地下，提刀亂砍。他媽的，殺人不要本錢，她一心一意謀殺親夫，想做小寡婦。」

眾僧聽他滿口胡言，面面相覷。澄心站到他身後，伸手相比，見到他後心僧衣上的三條刀痕，吃了一驚，道：「她砍了你三刀，手勢好重，師叔傷勢怎樣？」

韋小寶得意洋洋，道：「我有寶衣護身，並沒受傷。這三刀幸好沒砍在我光頭上。這小妹子砍我不死，定是嚇得魂飛天外，以爲我老人家武功深不可測，只好自己抹了脖子。其實我武功稀鬆平常，而她這等花容月貌，我老人家也決計不會跟她爲難……」

晦聰怕他繼續胡說八道下去，插嘴道：「師弟，這就夠了。」

眾僧這時均已明白，那女郎所以自尋短見，是因胸口受抓，受了極大羞辱。韋小寶當時生死懸於一髮，觀他衫上三條刀痕可知，危急中回手亂抓，碰到敵人身上任何部位，都不能說有甚麼錯。他武功低微，給人擒住後拚命掙扎，出手豈能有規矩可循？

澄識臉色登時平和，說道：「師叔，先前聽那女施主口口聲聲罵你不守清規，只道你眞的犯戒去調戲婦女，致有得罪。原來那是爭鬥之際的無意之失，不能說是違犯戒律。師叔請坐。」親自端過一張椅子，放在晦聰下首，意思是說你不犯戒律，戒律院便管你不著，你是寺中尊長，自當對你禮敬。韋小寶嘻嘻一笑，坐了下來。澄識見他神態輕浮，說話無聊，忍不住道：「師叔雖不犯色戒，但見到女施主時，也當舉止莊重，貌相端嚴，才不失少林寺高僧的風度。」

韋小寶笑道：「我這個高僧馬馬虎虎，隨便湊數，當不得眞的。」

晦聰正要出言勸喻，般若堂首座澄觀忽道：「沒有門派。」澄心奇道：「師兄說這兩位女施主沒有門派？」澄觀道：「偷學的武功！她二人的分筋錯骨手中，包含了武當、崑崙、華山、鐵劍四派手法，在師叔背心上砍的這三刀，包含了峨嵋、青城、山西六合刀的三門刀法。如此雜駁不純，而且學得並不到家，天下沒這一派武功。」

韋小寶大感詫異，說道：「咦，她們這些招式，你每一招都能知道來歷？」

他不知澄觀八歲便在少林寺出家，七十餘年中潛心武學，從未出過寺門一步，博覽武學典籍，所知極爲廣博。少林寺達摩院專研本派武功，般若堂卻專門精研天下各家各派武功。般若堂中數十位高僧，每一位都精通一派至數派功夫。

少林寺僧衆於隋末之時，曾助李世民削平王世充，其時武功便已威震天下，千餘年來聲名不替，固因本派武功博大精深，但般若堂精研別派武功，亦爲主因。通曉別派武功之後，一來截長補短，可補本派功夫之不足；二來若與別派高手較量，先已知道對方底細，自是大佔上風。少林弟子行俠江湖，回寺參見方丈和本師之後，先去戒律院稟告有無犯過，再到般若堂稟告經歷見聞。別派武功中只要有一招一式可取，般若堂僧人便筆錄下來。如此積累千年，於天下各門派武功瞭若指掌。縱然寺中並無才智卓傑的人才，卻也能領袖羣倫了。

澄觀潛心武學，於世事一竅不通，爲人有些痴痴呆呆，但於各家各派的武功卻分辨精到。文人讀書多而不化，成了「書獃子」，這澄觀禪師則是學武成了「武獃子」。他生平除了同門拆招之外，從未與外人動過一招半式，可是於武學所知之博，寺中羣僧推為當世第一。

澄心道：「原來兩位女施主並無門派，事情便易辦了。只要治好了那位姑娘的傷，送她們出寺，便無後患。」澄識道：「她二人師姊妹相稱，似乎是有師父的。」澄心道：「就算有師父，也不會是名門大派中的高明人物。」澄識點了點頭。

晦聰方丈道：「兩位女施主年輕好事，這場爭鬥咱們並沒做錯甚麼。但仍不可失了禮數，對兩位女施主須得好好相待。這便散了罷。」說著站起身來。

澄心微笑道：「先前我還道武林中出了那一位高手，調教了兩個年輕姑娘，有意來折辱本派，有點兒躭心。少林寺享名千載，可別在咱們手裏栽了觔斗。」眾僧都微笑點頭。

韋小寶忽道：「依我看來，少林寺武功名氣很大，其實也不過如此。」

晦聰正要出門，一聽愕然回頭。韋小寶道：「淨濟、淨清，你們已學了幾年功夫？」淨濟說學了十四年，淨清學了十二年，都自稱資質低劣，全無長進，慚愧之至。

晦聰方丈道：「咱們學佛，志在悟道解脫，武功高下乃是末節。」

韋小寶搖頭道：「我看這中間大有毛病。這兩個小妞兒，年紀大的不過二十歲，只是東偷一招、西學一式，使些別門別派雜拌兒的三腳貓，就打得學過十幾年功夫的少林僧斷臂脫臼，屁滾尿流，毫無招架之功，死無葬身之地。如此看來，甚麼武當派、崑崙派的一招半式，可比咱們少林派的正宗武功厲害得多了。」

晦聰、澄識、澄心等僧都臉色尷尬，韋小寶這番話雖極不入耳，一時卻也難以辯駁，只想：「淨濟等四人的功夫差勁之極，怎能說是少林派的正宗武功？」

澄觀卻點頭道：「師叔言之有理。」

澄識奇道：「怎地師兄也說有理？」澄觀道：「人家的雜拌兒打敗了咱們的正宗功夫，這中間總有點不大對頭。」晦聰道：「各人的資質天份不同。淨濟等原不以武功見長，他們忙於接待賓客，於弘揚佛法也大有功德。淨濟、淨清、淨本、淨源，你們四人交卸了知客的職司，以後多練練武功罷。」淨濟等四僧躬身答應。

眾僧出得戒律院來。韋小寶搖了搖頭，澄觀皺眉思索半晌，也搖了搖頭。

晦聰和澄心對望一眼，均想：「這一老一少，都大有獃氣，不必理會。」逕自走了。

澄觀望著院中一片公孫樹的葉子緩緩飄落，出了一會神，說道：「師叔，我要去瞧瞧這位女施主。」韋小寶大喜，道：「那再好沒有了。我也去。」

兩人來到東院禪房，給綠衫女郎治傷的老僧迎了出來。韋小寶問道：「她會不會死？」那老僧道：「刀傷不深，不要緊，不會死的。」韋小寶喜道：「妙極，妙極！」

走進禪房。

只見那綠衫女郎橫臥榻上，雙目緊閉，臉色白得猶如透明一般，頭頸中以棉花和白布包住，右手放在被外，五根手指細長嬌嫩，真如用白玉彫成，手背上手指盡處，有五個小小圓渦。韋小寶心中大動，忍不住要去摸摸這隻美麗可愛已極的小手，說道：「她還有脈搏沒有？」伸手假意要去把脈。

那藍衫女郎站在床尾，見他進來，早已氣往上衝，喝道：「別碰我師妹！」見他並不縮手，左手一探，便抓他手腕。澄觀中指往她左手掌側「陽谷穴」上彈去，說道：「你這招是山西郝家的擒拿手。」藍衫女郎手一縮，手肘順勢撞出。澄觀伸指彈向她肘底「小海穴」。那女郎右手反打，澄觀中指又彈，逼得她收招，退了一步。那女郎又驚又怒，雙拳如風，霎時間擊出了七八拳。澄觀不住點頭，手指彈了七八下，那女郎「唉唷」一聲，右臂「清冷淵」中指，手臂動彈不得，罵道：「死和尚！」

澄觀奇道：「我是活的，若是死和尚，怎能用手指彈你？」那女郎見他武功厲害，心下怯了，卻不肯輸口，罵道：「你今天還活著，明天就死了。」澄觀一怔，問道：「女施主怎知道？難道你有先見之明不成？」

那女郎哼了一聲，道：「少林寺的和尚就會油嘴滑舌。」

她只道澄觀跟自己說笑，卻不知這老和尚武功雖強，卻全然不通世務。他一生足不出寺，寺中僧侶嚴守妄言之戒，從來沒人跟他說過一句假話，他便道天下絕無說假話之事。他聽那女郎說少林寺和尚油嘴滑舌，心想：「難道今天齋菜之中，豆油放得多了？」伸袖抹了抹嘴唇，不見有油，舌頭在口中一捲，也不覺得如何滑了。正自詫異，那藍衫女郎低聲喝道：「出去，別吵醒了我師妹！」

澄觀道：「是，是。師叔，咱們出去罷。」韋小寶獃望榻上女郎，早已神不守舍，應了一聲，卻不移步。藍衫女郎慢慢走到他身後，突然發掌，猛力推出。韋小寶「啊」的一聲大叫，給她推得直飛出房，砰的一聲，重重摔下，連聲「唉唷」，爬不起來。

澄觀道：「這招『江河日下』，本是勞山派的掌法，女施主使得不怎麼對。」口中嘮叨，出房扶起韋小寶，說道：「師叔，她這一掌推來，共有一十三種應付之法。若不願和她爭鬥，那麼六種避法之中，任何一種都可使用。如要反擊呢，那麼勾腕、托肘、彈指、反點、拿臂、斜格、倒踢，七種方法，每一種都可將之化解了。」

韋小寶摔得背臂俱痛，正沒好氣，說道：「你現下再說，又有何用？」

澄觀道：「是，師叔教訓得是。都是做師姪的不是。倘若我事先說了，師叔就算不想爲難她，只要會避，也不致於摔這一交。」

韋小寶心念一動：「這兩個姑娘兇得很，日後再見面，她們一上來就拳打腳踢，倒也難以抵擋。這老和尚對兩個小妞的武功知道得淸淸楚楚，手指這麼一彈，便逼得她就此不敢過來欺人。我要娶那妞兒做老婆，非騙得老和尚跟在身旁護法不可。」轉念又想：「老和尚這樣老了，不知還有幾天好活，倘若他明天就嗚呼哀哉，豈不糟糕之至？」說道：「你剛才用手指彈了幾彈，那妞兒便服服貼貼，這是甚麼功夫？」

澄觀道：「這是『一指禪』功夫，師叔不會嗎？」韋小寶道：「我不會。不如你教了我罷。」澄觀道：「師叔有命，自當遵從。這『一指禪』功夫，也不難學，只要認穴準確，指上勁透對方穴道，也就成了。」

韋小寶大喜，忙道：「那好極了，你快教我。」心想學會了這門功夫，手指這麼彈得幾彈，那綠衣姑娘便即動彈不得，那時要她做老婆，還不容易？而「也不難學」四字，更是關鍵所在。天下功夫之妙，無過於此，霎時間眉花眼笑，心癢難搔。

澄觀道：「師叔的《易筋經》內功，不知已練到了第幾層，請你彈一指試試。」韋小寶道：「怎樣彈法？」澄觀屈指彈出，嗤的一聲，一股勁氣激射出去，地下一張落葉飄了起來。

韋小寶笑道：「那倒好玩。」學著他樣，也是右手拇指扣住中指，中指彈了出去，這一下自然無聲無息，連灰塵也不濺起一星半點。

澄觀道：「原來師叔沒練過《易筋經》內功，要練這門內功，須得先練般若掌。待我跟你拆拆般若掌，看了師叔掌力深淺，再傳授《易筋經》。」韋小寶道：「般若掌我也不會。」澄觀道：「那也不妨。咱們來拆拈花擒拿手。」韋小寶道：「甚麼拈花擒拿手，可沒聽見過。」

澄觀臉上微有難色，道：「那麼咱們試拆再淺一些的，試金剛神掌好了。這個也不會？就從波羅密手試起好了。也不會？那要試散花掌。是了，師叔年紀小，還沒學到這路掌法。韋陀掌？伏虎拳？羅漢拳？少林長拳？」他說一路拳法，韋小寶便搖一搖頭。

澄觀見韋小寶甚麼拳法都不會，也不生氣，說道：「咱們少林寺武功循序漸進，入門之後先學少林長拳，熟習之後，再學羅漢拳，然後學伏虎拳，內功外功有相當根柢了，可以學韋陀掌。如不學韋陀掌，那麼學大慈大悲千手式也可以……」韋小寶口唇一動，便想說：「這大慈大悲千手式我倒會。」隨即忍住，心知海老公所教這些甚麼大慈大悲千手式，十招中只怕有九招半是假的，這個「會」字無論如何說不上。只聽澄觀續道：「不論學韋陀掌或大慈大悲千手式，聰明勤力的，學七八年也差不多了。如果悟性高，可以跟著學散花掌。學到散花掌，武林中別派子弟，就不大敵得過了。是否能學波羅密手，要看各人性子近不近。像淨濟、淨清那幾個師姪，都在練羅漢拳，他們的性子不近於練武，進境慢些。再過十年，淨清或許可以練伏虎拳。淨濟學武不大專心，我看還是專門唸《金剛經》參禪的為是。」

韋小寶倒抽了口涼氣，說道：「你說那一指禪並不難學，可是從少林長拳練起，一路路拳法掌法練將下來，練成這一指禪，要幾年功夫？」

澄觀道：「這在般若堂的典籍中是有得記載的。五代後晉年間，本寺有一位法慧禪師，生有宿慧，入寺不過三十六年，就練成了一指禪，進展神速，前無古人，後無來者。料想他前生一定是一位武學大宗師，許多功夫是前生帶來的。其次是南宋建炎年間，有一位靈興禪師，也不過花了三十九年時光。那都是天縱聰明、百年難遇的奇才，令人好生佩服。前輩典型，後人也只有神馳想像了。」

韋小寶道：「你開始學武，到練成一指禪，花了多少時候？」

澄觀微笑道：「師姪從十一歲上起始練少林長拳，總算運氣極好，拜在恩師晦智禪師座下，學得比同門師兄弟們快得多，到五十三歲時，於這指法已略窺門徑。」

韋小寶道：「你從十一歲練起，到了五十三歲時略跪甚麼門閂（他不知「略窺門徑」的成語，說成了「略跪門閂」），那麼一共練了四十二年才練成？」澄觀甚是得意，道：「以四十二年而練成一指禪，本派千餘年來，老衲名列第三。」頓了一頓，又道：「不過老衲的內力修爲平平，若以指力而論，恐怕排名在七十名以下。」說到這裏，又不禁沮喪。

韋小寶心想：「管你排名第三也好，第七十三也好，老子前世不修，似乎沒從娘胎裏帶來甚麼武功，要花四十二年時光來練這指法，我和那小妞兒都是五六十歲的老頭子、老太婆啦。老子還練個屁！」說道：「人家小姑娘只練得一兩年，你們練四五十年才勝得她過，實在差勁之至。」

澄觀也早想到了此節，一直在心下盤算，說道：「是，是！咱們少林武功如此給人家比了下去，實在……實在不……不大好。」

韋小寶道：「甚麼不大好，簡直糟糕之極。咱們少林派這一下子，可就抓不到武林中的牛耳朵、馬耳朵了。你是般若堂首座，不想個法子，怎對得起幾千幾萬年來少林寺的高僧？你死了之後，見到法甚麼禪師、靈甚麼禪師，還有我的師兄晦智禪師，大家責問你，說你只是吃飯拉屎，卻不管事，不想法子保全少林派的威名，豈不羞也羞死了？」

澄觀老臉通紅，十分惶恐，連連點頭，道：「師叔指點得是，待師姪回去，翻查般若堂中的武功典籍，看有甚麼妙法可以速成。」韋小寶喜道：「是啊，你若查不出來，咱們少林派也不用再在武林中混了。不如請了這兩位小姑娘來，讓那大的做方丈，小的做般若堂首座。由她二人傳授武功，定比咱們那些笨頭笨腦的傻功夫強得多了。」

澄觀一怔，問道：「她們兩位女施主，怎能做本寺的方丈、首座？」

韋小寶道：「誰教你想不出武功速成的法子？方丈丟臉，你自己丟臉，那也不用說了，少林派從此在武林中沒了立足之地，本寺幾千名和尚，都要去改拜這兩個小姑娘為師了。大家都說，花了幾十年時光來學少林派武功，又有甚麼用？兩個小姑娘只學得一年半載，便喀喇、喀喇、喀喇，把少林寺和尚的手腳都折斷了。大家保全手腳要緊，不如恭請小姑娘來做般若堂首座罷！」

這番言語只把澄觀聽得額頭汗水涔涔而下，雙手不住發抖，顫聲道：「是，是！請兩位小姑娘來做本寺的方丈、首座，唉，那……那太也丟臉了。」韋小寶道：「可不是嗎？那時候咱們也不叫少林派了。」澄觀問道：「那……那叫甚麼派？」韋小寶道：「不如乾脆叫少女派好啦，少林寺改名少女寺。只消將山門上的牌匾取下來，刮掉那個『林』字，換上個『女』字，只改一個字，那也容易得緊。」澄觀臉如土色，忙道：「不成，不成！我……我這就去想法子。師叔，恕師姪不陪了。」合什行禮，轉身便走。

韋小寶道：「且慢！這件事須得嚴守秘密。倘若寺中有人知道了，可大大不妥。」澄觀問道：「爲甚麼？」韋小寶道：「大家信不過你，也不知你想不想得出法子。那兩個小姑娘還在寺裏養傷，大家心驚膽戰之下，都去磕頭拜師，咱們偌大一個少林派，豈不就此散了？」

澄觀道：「師叔指點得是。此事有關本派興衰存亡，那是萬萬說不得的。」心中好生感激，心想這位師叔年紀雖小，卻眼光遠大，前輩師尊，果然了得，若非他靈台明澈，具卓識高見，少林派不免變了少女派，千年名派，萬劫不復。

韋小寶見他匆匆而去，袍袖顫動，顯是十分驚懼，心想：「老和尚拚了老命去想法子，總會有些門道想出來。我這番話人人都知破綻百出，但只要他不和旁人商量，諒這笨和尚也不知我在騙他。」想起躺在榻上那小姑娘容顏如花，一陣心猿意馬，又想進房去看她幾眼。回頭走得幾步，門帷下突然見到藍裙一晃，想起那藍衫女郎出手狠辣，身邊沒了澄觀護法，單身入房，非大吃苦頭不可，只得嘆了口氣，回自己禪房休息。

次日一早起來，便到東禪院去探望。治病的老僧合什道：「師叔早。」韋小寶道：「女施主的傷處好些了嗎？」那老僧道：「那位女施主半夜裏醒轉，知道身在本寺，定要即刻離去，口出無禮言語。師姪好言相勸，她說決不死在小……小……小僧的廟裏。」

韋小寶聽他吞吞吐吐，知道這小姑娘不是罵自己爲「小淫賊」，便是「小惡僧」，問道：「那便如何？」那老僧道：「師姪勸她明天再走，女施主掙扎著站起身來，她的師姊扶了她出去。師姪不敢阻攔，反正那女施主的傷也無大礙，只得讓她們去了，已將這事稟報了方丈。」

韋小寶點點頭，好生沒趣，暗想：「這小姑娘一去，不知到了那裏？她無名無姓，又怎查得到？」怪那老僧辦事不力，埋怨了幾句，轉念一想：「這兩個小妞容貌美麗，大大的與衆不同，出手時各家各派的功夫都有，終究會查得到。」

於是踱到般若堂中，只見澄觀坐在地下，周身堆滿了數百本簿籍，雙手抱頭，苦苦思索，眼中都是紅絲，多半是一晚不睡，瞧他模樣，自然是沒想出善法。他見到韋小寶進來，茫然相對，宛若不識，竟是潛心苦思，對身周一切視而不見。

韋小寶見他神情苦惱，想要安慰幾句，跟他說兩個小姑娘已去，眼下不必著急，轉念一想：「他如不用心，如何想得出來？只怕我一說，這老和尚便偷懶了。」

倏忽月餘，韋小寶常到般若堂行走，但見澄觀瘦骨伶仃，容色憔悴，不言不語，狀若痴呆，有時站起來拳打腳踢一番，跟著便搖頭坐倒。韋小寶只道這老和尚甚笨，苦思一個多月，仍一點法子也無，卻不知少林派武功每一門都講究根基紮實，寧緩毋速。躐等以求速成，正是少林派武功的大忌。澄觀雖於天下武學幾乎已無所不知，但要他打破本派禁條，另創速成之法，卻與他畢生所學全然不合。

天氣漸暖，韋小寶在寺中已有數月。這些日子來，每日裏總有數十遍想起那綠衫少女。

這一日悶得無聊，攜帶銀兩，向西下了少室山，來到一座大鎮，叫作潭頭鋪。去衣鋪買了一套衣巾鞋襪，到鎮外山洞中換上，將僧袍僧鞋包入包袱，負在背上，臨著溪水一照，宛然是個富家子弟。回到鎮上，在一間酒樓中鷄鴨魚肉的飽餐一頓，心想：「這便得去尋找賭場，大賭一番！」知道賭場必在小巷之中，當下穿街過巷，東張西望。

他每走進一條小巷，便傾聽有無呼么喝六之聲，尋到第七條巷子時，終於聽到有人叫道：「地一對，天九王，通吃！」這幾個字鑽入耳中，當眞說不出的舒服受用，比之少林寺中時時刻刻聽到的「南無阿彌陀佛」，實有西方極樂世界與十八層地獄之別。

他快步走近，伸手推門。一名四十來歲的漢子歪戴帽子，走了出來，斜眼看他，問道：「幹甚麼的？」韋小寶從懷中取出一錠銀子，在手中一拋一拋，笑道：「手發癢，來輸幾兩銀子。」那漢子道：「這裏不是賭場，是堂子。小兄弟，你要嫖姑娘，再過幾年來罷。」

韋小寶餓賭已久，一聽到「地一對，天九王，通吃」那八個字後，便天塌下來，也非賭上幾手不可，何況來到妓院就是回到了老家，怎肯再走？笑道：「你給我找幾個清倌人，打打茶圍，今晚少爺要擺三桌花酒。」將那錠二兩重的銀子塞到他手上，笑道：「給你喝酒。」

那龜奴大喜，見是來了豪客，登時滿臉堆歡，道：「謝少爺賞！」長聲叫道：「有客！」恭恭敬敬的迎他入內。老鴇出來迎接，見是個十四五歲的少年，衣著華貴，心想：「這孩子偷了家裏的錢來胡花，倒可重重敲他一筆。」笑嘻嘻的拉著他手，說道：「小少爺，我們這裏規矩，有個開門利市。你要見姑娘，須得先給賞錢。」

韋小寶臉一板，說道：「你欺我是沒嫖過院的雛兒嗎？咱們可是行家，老子家裏就是開這個調調兒的。」摸出一疊銀票，約莫三四百兩，往桌上一拍，說道：「打茶圍的五錢銀子一個姑娘，做花頭是三兩銀子，提大茶壺的給五錢，娘姨五錢。老子今日興致挺好，一律成雙加倍。」一連串妓院行話說了出來，竟沒半句外行，可把那老鴇聽得呆了，怔了半晌，這才笑道：「原來是同行的小少爺，我這可走了眼啦。不知小少爺府上開的是那幾家院子？」

韋小寶道：「老子在揚州開的是麗春院、怡情院，在北京開的是賞心樓、暢春閣，在天津開的是柔情院、問菊樓，六家聯號。」其實這六家都是揚州著名的妓院，否則一時之間，他也杜撰不出六家妓院的招牌。

那老鴇一聽，心想乖乖不得了，原來六院聯號的大老闆到了，他這生意可做得不小，笑問：「小少爺喜歡怎樣的姑娘陪著談心？」韋小寶道：「諒你們這等小地方，也沒蘇州姑娘。有沒大同府的？」老鴇面有慚色，低聲道：「有是有一個，不過是冒牌貨，她是山西汾陽人，只能騙騙冤大頭，可不敢欺騙行家。」

韋小寶笑道：「你把院子裏的姑娘通統叫來，少爺每個打賞三兩銀子。」老鴇大喜，傳話出去，霎時間鶯鶯燕燕，房中擠滿了姑娘。這小地方的妓院之中，自然都是些粗手大腳的庸脂俗粉，一個個拉手摟腰，竭力獻媚。韋小寶大樂，雖然衆妓或濃眉高顴，或血盆大口，比他自己還著實醜陋幾分，但他自幼立志要在妓院中豪闊一番，今日得償平生之願，自是得意洋洋，拉過身邊一個妓女，在她嘴上一吻，只覺一股蔥蒜臭氣直衝而來，幾欲作嘔。

突然間門帷掀開，兩個女子走了進來。韋小寶道：「好！兩個大妹子一起過來，先來親個嘴兒……」一言未畢，已看清楚了兩女的面貌，不由得大吃一驚。他大叫一聲，跳起身來，將摟住他的兩個妓女推倒在地。

原來進來的這兩個女子，正是日思夜想的那綠衫女郎和他師姊。

那藍衫女郎冷笑道：「你一進鎭來，我們就跟上了你，瞧你來幹甚麼壞事。」韋小寶背上全是冷汗，強笑道：「是，是。這位姑娘，你……你頭頸裏的傷……傷好……好了嗎？」綠衫女郎哼了一聲，並不理睬。藍衫女郎怒道：「我們每日裏候在少林寺外，要將你碎屍萬段，以報辱我師妹的深仇大恨。哼，總算皇天不負苦心人，教你這惡僧撞在我們手裏。」

韋小寶暗暗叫苦：「老子今日非歸位不可。」陪笑道：「其實……其實我也沒怎樣得罪了……得罪了姑娘，只不過……只不過這麼抓了一把，那也不打緊，我看……我看……」綠衫女郎紅暈上臉，目光中露出殺機。

藍衫女郎冷冷的道：「剛才你又說甚麼來？叫我們怎麼樣？」韋小寶道：「糟糕，這可又不巧得很了。我……我當做你們兩位也是……也是這窯子裏的花姑娘。」

綠衫女郎低聲道：「師姊，跟這爲非作歹的賊禿多說甚麼？一刀殺了乾淨。」唰的一聲響，白光閃動，韋小寶大叫縮頸，頭上帽子已給她柳葉刀削下，露出光頭。

眾妓女登時大亂，齊聲尖叫：「殺人哪，殺了人哪！」

韋小寶一矮身，躲在一名妓女身後，叫道：「喂，這裏是窯子啊，進來的便是婊子，你們兩個還不快快出去，給人知道了那可……難聽……難聽得很哪……」二女唰唰數刀，但房中擠滿了十來個妓女，卻那裏砍他得著？刀鋒掠過，險些砍傷了兩名妓女。

韋小寶縱聲大叫：「老子在這裏嫖院，有甚麼好瞧的？我……我要脫衣服了，要脫褲子啦。」扯下上身衣衫，摔了出去。

二女怒極，但怕韋小寶當眞要耍賴脫褲子，綠衫女郎轉身奔出，藍衫女郎一怔，也奔了出去，砰砰兩聲，將衝進來查看的老鴇、龜奴推得左右摔倒。

霎時之間，妓院中呼聲震天、罵聲動地。

韋小寶暫免一刀之厄，但想這兩位姑娘定是守在門口，自己只要踏出妓院門口一步，立時便給她們殺了，叫道：「大家別亂動，每個人十兩銀子，人人都有，決不落空。」眾妓一聽，立時靜了下來。韋小寶取出二十兩銀子，交給龜奴，吩咐：「快去給我備一匹馬，等在巷口。」那龜奴接了銀子出去。

韋小寶指著一名妓女道：「給你二十兩銀子，快脫下衣服給我換上。」那妓女大喜，便即脫衣。餘人七嘴八舌，紛紛詢問。韋小寶道：「這兩個是我的大老婆、小老婆，剃光了我頭，不許我嫖院，我逃了出來，她們便追來殺我。」

老鴇和衆妓一聽，都不禁樂了。嫖客的妻子到妓院來吵鬧打架，那是司空見慣，尋常之極，但提刀要殺，倒也少見，至於妻妾合力剃光丈夫的頭髮，不許他嫖院，卻是首次聽聞。

韋小寶匆匆換上妓女的衣衫，用塊花布纏住了頭。衆妓知他要化裝逃脫，嘻嘻哈哈的幫他塗脂抹粉。在妓院中賭錢的嫖客聽得訊息，也擁來看熱鬧。不久龜奴回報馬已備好，得知情由之後，說道：「少爺這可得小心，你大夫人守在前門，小夫人守在後門。兩人都拿著刀子。」韋小寶大派銀子，罵道：「這兩個潑婦，管老公管得這麼緊，眞是少有少見。」

那老鴇得了他三十兩銀子的賞錢，說道：「兩隻雌老虎壞人衣食，天下女人都像你兩個老婆一樣，我們喝西北風嗎？二郎神保祐兩隻雌老虎絕子絕孫。啊喲，小少爺，我可不是說你。你不如休了兩隻雌老虎，天天到這裏來玩個暢快。」

韋小寶笑道：「這主意倒挺高明。媽媽，你到前門去，痛罵那潑婦一頓，不過你可得躲在門後罵，防她使潑，提刀子傷你。衆位姊妹，大家從後門衝出去。我那兩個潑婆娘就捉不到我了。」當下拿出銀子分派。衆婊子無不雀躍。重賞之下，固有勇夫，只須重賞，勇婦也大不乏人。衆妓得了白花花的銀子，人人「忠」字當頭，盡皆戮力效命。

只聽得前門口那老鴇已在破口大罵：「大潑婦、小潑婦，要管住老公，該當聽他的話，討他歡心才是。你們自己沒本事，他才會到院子裏來尋歡作樂。拿刀子嚇他、殺他，又有屁用？你們這位老公手段豪闊，乃天下第一大好人，兩隻雌老虎半點也配他不上。老娘教你們個乖，趕快向他磕頭賠罪，再拜老娘爲師，多學點床上功夫，多學些拋媚眼花招，好好服侍他。否則的話，他決意把你們賣給老娘，在這裏當婊子，咱們今天成交……啊喲……唉唷，痛死啦……」

韋小寶一聽，知道那藍衫女郎已忍不住出手打人，連忙吆喝：「大夥兒走啊！」

二十幾名妓女從後門一擁而出，韋小寶混在其中。那綠衫女郎手持柳葉刀守在門邊，陡見大批花花綠綠的女子衝了出來，睁大一雙妙目，渾然不明所以。

衆妓奔出小巷，韋小寶一躍上馬，向少林寺疾馳而去。

那藍衫女郎見機也快，當即撇下老鴇，轉身來追。衆妓塞住了小巷，伸手拉扯，紛道：「雌老虎，你老公騎馬走啦，追不上啦！嘻嘻，哈哈！」那女郎怒得幾欲暈去，持刀威嚇，衆妓料她也不敢當眞殺人，「賤潑婦，醋罈子，惡婆娘」的罵個不休。那女郎大急，縱聲高叫：「師妹，那賊子逃走了，快追！」但聽得蹄聲遠去，又那裏追得上？

韋小寶馳出市鎭，將身上女子衫褲一件件脫下拋去，包著僧袍的包袱，忙亂中卻失落在妓院中了，在袖子上吐些唾沫，抹去臉上脂粉，心想：「老子今年的流年當眞差勁之至，既做和尚，又扮婊子。唉，那綠衣姑娘要是眞的做了我老婆，管她是大的小的，便殺我頭，也不去妓院了。」

一口氣馳回少林寺，縱馬來到後門，躍下馬背，悄悄從側門躡手躡腳的進寺，立即掩面狂奔，回到自己禪房。他洗去臉上殘脂膩粉，穿上僧袍，這才心中大定，尋思：「這兩個大老婆、小老婆倘若來寺吵鬧，老子給她們一個死不認帳。」

次日午間，韋小寶斜躺在禪榻之上，想像著那綠衣女郎的動人體態，忍不住又想冒險，尋思：「我怎生想個法子，再去見她一面？」忽然淨濟走進禪房，低聲道：「師叔祖，這幾天你可別出寺，事情有些不妙。」韋小寶一驚，忙問端詳。

淨濟道：「香積廚的一個火工剛才跟我說，他到山邊砍柴，遇到兩個年輕姑娘，手裏拿著刀子，問起了你。」韋小寶道：「問甚麼？」淨濟道：「問他認不認得你，問你平時甚麼時候出來，愛到甚麼地方。師叔祖，這兩個姑娘不懷好意，守在寺外，想加害於你。你只要足不出寺，諒她們也不敢進來。」

韋小寶道：「咱們少林寺高僧怕了她們，不敢出寺，那還成甚麼話？」

淨濟道：「師姪孫已稟報了方丈。他老人家命我來稟告師叔祖，請你暫且讓她們一步，料想兩位小姑娘也不會有長性，等了幾天沒見到你，自然走了。方丈說道，武林中朋友只會說我們大人大量，決不能說堂堂少林寺，竟會怕了兩個無門無派的小姑娘。」

韋小寶道：「無門無派的小姑娘，哼，可比咱們有門有派的大和尚厲害得多啦。」

淨濟道：「誰說不是呢？」想到折臂之恨，忿忿不平，又道：「只不過方丈有命，說甚麼要息事寧人。」

韋小寶待他走後，心想：「得去瞧瞧澄觀老和尚，最好他已想出妙法。」來到般若堂，只見澄觀雙手抱頭，仰眼瞧著屋樑，在屋中不住的踱步兜圈子，口中唸唸有詞。

韋小寶不敢打斷他的思路，等了良久，見他兜了幾個圈子，兀自沒停息的模樣，便咳嗽了幾聲。澄觀並不理會。韋小寶叫道：「老師姪，老師姪！」澄觀仍沒聽見。

韋小寶走上前去，伸手往他肩頭拍去，笑道：「老……」手掌剛碰到他肩頭，突然身子一震，登時飛了出去，砰的一聲，撞在牆上，氣息阻塞，張口大呼，卻全沒聲息。

澄觀大吃一驚，忙搶上跪倒，合什膜拜，說道：「師姪罪該萬死，衝撞了師叔，請師叔重重責罰。」韋小寶隔了半晌，才喘了口氣，苦笑道：「請起，請起，不必多禮，是我自己不好。」澄觀仍不住道歉。韋小寶扶牆站起，再扶澄觀起身，問道：「你這是甚麼功夫？可眞厲害得緊哪。」心想：「這功夫倘若不太難練，學會了倒也有用。」

澄觀臉有惶恐之色，說道：「眞正對不住了。回師叔：這是般若掌的護體神功。」

韋小寶點了點頭，心想要學這功夫，先得學甚麼少林長拳、羅漢拳、伏虎拳、韋陀掌、散花手、波羅密手、金剛神掌、拈花擒拿手等等囉裏囉唆一大套，自己可沒這多工夫，就算有工夫，也沒精神去費心苦練，問道：「速成的法子，可想出來沒有？」

澄觀苦著臉搖了搖頭，說道：「師姪已想到不用一指禪，不用易筋經內功，以般若掌來對付，也可破得了兩位女施主的功夫，只不過……只不過……」韋小寶道：「只不過練到般若掌，也得二三十年的時光，是不是？」澄觀囁嚅道：「二三十年，恐怕……恐怕……」韋小寶扁扁嘴，臉有鄙夷之色，道：「恐怕也不一定夠了？」

澄觀十分慚愧，答道：「正是。」呆了一會，說道：「等師姪再想想，倘若只用拈花擒拿手，不知是否管用。」

韋小寶心想這老和尚拘泥不化，做事定要順著次序，就算拈花擒拿手管用，至少也得花上十幾年時候來學。這老和尚內力深厚，似不在洪教主之下，可是洪教主任意創制新招，隨機應變，何等瀟洒如意，這老和尚卻是呆木頭一個，非得點撥他一條明路不可，說道：「老師姪，我看這兩個小姑娘年紀輕輕，決不會練過多少年功夫。」

澄觀道：「是啊，所以這就奇怪了。」

韋小寶道：「人家既然不會是一步步的學起，咱們也就不必一步步的死練了。她們那有你這樣深厚的內功修爲？我瞧哪，要對付這兩個小妞兒，壓根兒就不用練內功。」

澄觀大吃一驚，顫聲道：「練武不……不……不紮好根基，那……那……那不是旁門左道嗎？」

韋小寶道：「她們不但是旁門左道，而且是沒門沒道。對付沒門沒道的武功，便得用沒門沒道的法子。」澄觀滿臉迷惘，喃喃道：「沒門沒道，沒門沒道？這個……這個，師姪可就不懂了。」韋小寶笑道：「你不懂，我來教你。」

澄觀恭恭敬敬的道：「請師叔指教。」他一生所見的每一位「晦」字輩的師伯、師叔，盡是武功卓絕的有德高僧，心想這位小師叔雖因年紀尚小，內力修爲不足，但必然大有過人之處，否則又怎能做自己師叔？這些日子來苦思武功速成之法，始終摸不到門徑，看來再想十年、二十年，直到老死，也沒法解得難題，既有這位晦字輩的小高僧來指點迷津，不由得驚喜交集，敬仰之心更油然而生。

韋小寶道：「你說兩個小姑娘使的，是甚麼崑崙派、峨嵋派中的一招，咱們少林派的武功，比之這些亂七八糟的門派，是誰強些？」澄觀道：「只怕還是咱們少林派的強些，就算強不過，至少也不會弱於他們。」

韋小寶拍手道：「這就容易了。她們不用內功，使一招唏哩呼嚕門派的招式，咱們也不用內功，使一招少林派的招式，那就勝過她們了。管他是般若掌也好，金剛神掌也好，波羅密手也罷，阿彌陀佛腳也罷，只消不練內功，那就易學得很，是不是？」

澄觀皺眉道：「阿彌陀佛腳這門功夫，本派是沒有的，不知別派有沒有？不過倘若不練內功，本派的這些拳法掌法便毫無威力，遇上別派內力深厚的高手，一招之間，便會給打得筋折骨斷。」韋小寶哈哈一笑，道：「這兩個小姑娘，是內力深厚的高手麼？」

澄觀道：「不是。」韋小寶道：「那你又何必躭心？」

當眞是一言驚醒了夢中人，澄觀吁了口長氣，道：「原來如此，原來如此！師姪一直想不到此節。」他呆了一呆，又道：「不過另有一樁難處，本派入門拳法十八路，內外器械三十六門，絕技七十二項。每一門功夫變化少的有數十種，多的在三百以上，要將這些招式盡數學全了，卻也不易。就算不習內功，只學招式，也得數十年功夫。」

韋小寶心想：「這老和尚實在笨得要命。」笑道：「那又何必都學全了？只消知道小姑娘會甚麼招式，有道是兵來將擋，水來土掩，小姑娘這一招打來，老和尚這一招破去，管教殺得她們落荒而逃，片甲不回。」

澄觀連連點頭，臉露喜色，大有茅塞頓開之感。

韋小寶道：「那個穿藍衣的姑娘用一招甚麼勞山派的『江河日下』，你說有六種避法，又有七種反擊的法門，其實又何必這麼囉裏囉唆？只消有一種法子反擊，能將她打敗，其餘十二種又學來幹麼，豈不省事得多嗎？」

澄觀大喜，說道：「是極！是極！兩位女施主折斷師叔手臂，打傷淨濟師姪他們四人，所用的分筋錯骨手，包括了四派手法，用咱們少林派的武功，原本化解得了的。」當下先將二女所用手法，逐一施演，跟著又說了每一招的一種破法，和韋小寶試演。

澄觀的破解之法有時太過繁複難學，有時不知不覺的用上了內功，韋小寶便要他另想簡明法子。少林派武功固博大宏富，澄觀老和尚又腹笥奇廣，只要韋小寶覺得難學，搖了搖頭，他便另使一招，倘若不行，又再換招，直到韋小寶能毫不費力的學會爲止。

澄觀見小師叔不到半個時辰，便將這些招式學會，苦思多時的難題一旦豁然而解，只歡喜得扒耳摸腮，心癢難搔。突然之間，他又想起一事，說道：「可惜，可惜。」又搖頭道：「危險，危險。」

韋小寶忙問：「甚麼可惜？甚麼危險？」

韋小寶拿了密旨，來到晦聽的禪房，說道：「方丈師兄，皇上有一道密旨給我，要請你指點。」拆開密旨封套，見裏面摺著一大張宣紙，攤將開來，畫著四幅圖畫。

第二十三回　天生才士定多癖　君與此圖皆可傳

澄觀道：「又要師叔你老人家和淨濟他們四個出去，和兩位女施主動手，讓她們折斷手足。倘若折得厲害了，難以治愈，從此殘廢，豈不可惜？又如兩位女施主下手狠辣，竟把你們五位殺了，豈不危險？」韋小寶奇道：「爲甚麼又要我們五人去動手？」澄觀道：「兩位女施主所學的招數，一定不止這些。師姪既不知她們另有甚麼招數，自然不知拆解的法門。五位若不是送上去挨打試招，如何能查明？」

韋小寶哈哈大笑，說道：「原來如此。那也有法子的，只要你去跟她們動手，就不會可惜、沒有危險了。」澄觀臉有難色，道：「出家人不生嗔怒，平白無端的去跟人家動手，那可大大不妥。」韋小寶道：「你只要嘻嘻哈哈的跟她們動手，就不生嗔怒了。咱二人這就出寺走走，倘若兩位女施主已然遠去，那再好也沒有了。這叫做色即是空，空即是色。她們便另有甚麼招數，咱們也不必理會了。」

澄觀道：「是極，是極！不過師姪從來不出寺門，一出去便存心生事，立意似乎不善。我佛當年在鹿野苑初轉法輪，傳的是四聖諦、八正道，這『正意』是八正道的一道……」韋小寶打斷他話頭，說道：「咱們也不必去遠，只在寺旁隨意走走，最好是遇不著她們。」澄觀道：「正是，正是。師叔立心仁善，與人無爭無競，那便是『正意』了，師姪當引爲模楷。」

韋小寶暗暗好笑，攜著他手，從側門走出少林寺來。澄觀連寺畔的樹林也未去過，眼見一大片青松，不禁嘖嘖稱奇，讚道：「這許多松樹生在一起，大是奇觀。我們般若堂的庭院之中，只有兩棵……」

一言未畢，忽聽得身後一聲嬌叱：「小賊禿在這裏！」白光閃動，一把鋼刀向韋小寶砍將過來。澄觀道：「這是五虎斷門刀中的『猛虎下山』。」伸手去抓使刀人的手腕，忽然想起，這一招是「拈花擒拿手」的手法，未免太難，說道：「不行！」急忙縮手。

使刀的正是那藍衫女郎，她見澄觀縮手，柳葉刀疾翻，向他腰間橫掃。便在這時，綠衫女郎也已從松林中竄出，揮刀向韋小寶砍去。韋小寶忙躲到澄觀身後，綠衫女郎這一刀便砍向澄觀左肩。澄觀道：「這是太極刀的招數，倒不易用簡便法子來化解……」一句話沒說完，二女雙刀揮舞，越砍越急。澄觀叫道：「師叔，不行，不行。兩位女施主出招太快，我可……我可來不及想。你……你快請兩位不必性急，慢慢的砍。」

藍衫女郎連使狠招，始終砍不著老和尚，幾次還險些給他將刀奪去，聽他大呼小叫，只道他有意譏諷，大怒之下，砍得更加急了。

韋小寶笑道：「喂，兩位姑娘，我師姪請你們千萬不可性急，慢慢的發招。」

澄觀道：「正是，我腦子不大靈活，一時三刻之間，可想不出這許多破法。」

綠衫女郎恨極了韋小寶，幾刀砍不中澄觀，又揮刀向韋小寶砍來。澄觀伸手擋住，說道：「這位女施主，我師叔沒學過你這路刀法的破解之法，現下不忙便砍，等他學會之後，知道了抵擋之法，那時再砍不遲。唉，我這些法子委實不行。師叔，你現下且不忙便記，我這些法子都不管用，回頭咱們再慢慢琢磨。」他口中不停，雙手忽抓忽拿，忽點忽打，將二女纏得緊緊的，綠衫女郎要去殺韋小寶，卻那裏能夠？

韋小寶眼見已無兇險，笑嘻嘻的倚樹觀戰，一雙眼不停在綠衫女郎臉上、身上、手上、腳上轉來轉去，飽餐秀色，美不勝收，樂也無窮。

綠衫女郎不見韋小寶，只道他已經逃走，回頭找尋，見他一雙眼正盯住了自己，臉上一紅，再也顧不得澄觀，轉身舉刀，向他奔去。那知澄觀正出指向她脅下點來，這一指故意點得甚慢，她本可避開，但一分心要去殺人，脅下立時中指，一聲嚶嚀，摔倒在地。澄觀忙道：「哎喲，對不住。老僧這招『笑指天南』，指力使得並不厲害，女施主只須用五虎斷門刀中的一招『惡虎攔路』，斜刀一封，便可擋開了。這一招女施主雖未使過，但那位穿藍衫的女施主卻使過的，老僧心想女施主一定會使，那知事情出乎意料之外……唉，得罪，得罪！」

藍衫女郎怒極，鋼刀橫砍直削，勢道淩厲，可是她武功和澄觀相差實在太遠，連他僧袍衣角也帶不上半點。澄觀嘴裏囉唆不休，心中只是記憶她的招數，他當場想不出簡易破法，只好記明了刀法招數，此後有暇，再一招招的細加參詳。

韋小寶走到綠衫女郎身前，讚道：「這樣美貌的小美人兒，普天下也只你一個了，嘖嘖嘖！眞瞧得我魂飛天外。」伸出手去，在她臉上輕輕摸了一把。那女郎驚怒交迸，一口氣轉不過來，登時暈去。韋小寶一驚，不敢再肆意輕薄，站直身子，叫道：「澄觀師姪，你把這位女施主也點倒了，請她把各種招數慢慢說出來，免傷和氣。」

澄觀遲疑道：「這不大好罷？」韋小寶道：「現下這樣動手動腳，太不雅觀，還是請她口說，較爲斯文大方。」澄觀喜道：「師叔說得是。動手動腳，不是『正行』之道。」

藍衫女郎心知只要這老和尚全力施爲，自己擋不住他一招半式，眼下師妹被擒，自己如也落入其手，沒人去報訊求救，當即向後躍開，叫道：「你們如傷了我師妹一根毛髮，把你們少林寺燒成白地。」

澄觀一怔，道：「我們怎敢傷了這位女施主？不過要是她自己落下一根頭髮，難道你也要放火燒寺？」藍衫女郎奔出幾步，回頭罵道：「老賊禿油嘴滑舌，小賊禿……」她本想說「淫邪好色」，但這四字不便出口，一頓足，竄入林中。

韋小寶見綠衫女郎橫臥於地，綠茵上一張白玉般的嬌臉，一雙白玉般的纖手，眞似翡翠座上一尊白玉觀音的睡像一般，不由得看得痴了。

澄觀道：「女施主，你師姊走了。你也快快去罷，可別掉了一根頭髮，你師姊來燒我們寺廟。」

韋小寶心道：「良機莫失。這小美人兒既落入我手，說甚麼也不能放她走了。」合什說道：「我佛保祐，澄觀師姪，我佛要你光大少林武學，維護本派千餘年威名，你眞是本派的第一大功臣。」澄觀奇道：「師叔何出此言？」韋小寶道：「咱們正在煩惱，不知兩位女施主更有甚麼招數。幸蒙我佛垂憐，派遣這位女施主光臨本寺，讓她一一施展。」說著俯身將那女郎抱起，說道：「回去罷。」

澄觀愕然不解，只覺此事大大不對，但錯在何處，卻又說不上來，過了一會，才道：「師叔，我們請這女施主入寺，好像不合規矩。」韋小寶道：「甚麼不合規矩？她進過少林寺沒有？方丈和戒律院首座都說沒甚麼不對，自然是合規矩了，是不是？」他問一句，澄觀點一下頭，只覺他每一句話都無可辯駁。眼見小師叔脫下身上僧袍，罩在那女郎身上，抱了她從側門進寺，只得跟在後面，臉上一片迷惘，腦中一團混亂。

韋小寶心裏卻怦怦大跳，雖然這女郎自頭至足，都爲僧袍罩住，沒絲毫顯露在外，但若給寺中僧侶見到，總不免起疑。他溫香軟玉，抱個滿懷，內心卻只有害怕，幸好般若堂是在後寺僻靜之處，他快步疾趨，沒撞到其他僧人。進堂之時，堂中執事僧見師叔祖駕到，首座隨在其後，都恭恭敬敬的讓在一邊。

進了澄觀的禪房，那女郎兀自未醒，韋小寶將她放上禪榻，滿手都是冷汗，雙掌在腿側一擦，吁了口長氣，笑道：「行啦！」

澄觀問道：「咱們請這位……這位女施主住在這裏？」韋小寶道：「是啊，她又不是第一次在本寺住。先前她傷了脖子，不是在東院住過嗎？」澄觀點頭道：「是。不過……不過那一次是爲她治傷，性命攸關，不得不從權處置。」韋小寶道：「那容易得很。」從腿筒中拔出匕首，道：「只須狠狠割她一刀，讓她再有性命之憂，又可從權處置了。」說著走到她身前，作勢便要割落。

澄觀忙道：「不，不，那……那倒不必了。」韋小寶道：「好，我便聽你的。除非你不讓別人知曉，待她將各種招數演畢，咱們悄悄送了她出去，否則的話，我只好割傷她了。」澄觀道：「是，是。我不說便是。」只覺這位小師叔行事著實奇怪，但想他旣是晦字輩的尊長，見識定然高超，聽他吩咐，決無岔差。

韋小寶道：「這女施主脾氣剛硬，她說定要搶了你般若堂的首座來做，我得好好勸她一勸。」澄觀道：「她一定要做，師姪讓了給她，也就是了。」

韋小寶一怔，沒料到這老和尚生性淡泊，全無競爭之心，說道：「她又不是本寺僧侶，搶了般若堂首座位子，咱們少林寺的臉面往那裏擱去？你若存此心，便是對不起少林派。」說著臉色一沉，只把澄觀嚇得連聲稱是。韋小寶板起了臉，道：「是了。你且出去，在外面等著，我要勸她了。」澄觀躬身答應，走出禪房，帶上了門。

韋小寶揭開蓋在那女郎頭上的僧袍，那女郎正欲張口呼叫，突見一柄寒光閃閃的匕首指住了自己鼻子，登時張大了嘴，不敢叫出聲來。

韋小寶笑嘻嘻的道：「小姑娘，你只要乖乖的聽話，我不會傷你一根毫毛。否則的話，我只好割下你的鼻子，放了出寺。一個人少了個鼻子，只不過聞不到香氣臭氣，也沒甚麼大不了，是不是？」那女郎驚怒交集，臉上更無半點血色。韋小寶道：「你聽不聽話？」那女郎怒極，低聲道：「你快殺了我。」

韋小寶嘆了口氣，說道：「你這般花容月貌，我怎捨得殺你？不過放你走罷，從此我日夜都會想著你，非爲你害相思病而死不可，那也有傷上天好生之德。」

那女郎臉上一紅，隨即又轉爲蒼白。韋小寶道：「只有一個法子。我割了你的鼻子，你相貌就不怎麼美啦。那我就不會害相思病了。」

那女郎閉上了眼，兩粒清澈的淚珠從長長的睫毛下滲了出來，韋小寶心中一軟，安慰道：「別哭，別哭！只要你乖乖的聽話，我寧可割了自己的鼻子，也不割你的鼻子。你叫甚麼名字？」那女郎搖了搖頭，眼淚流得更加多了。韋小寶道：「原來你名叫搖頭貓，這名字可不大好聽哪。」那女郎睜開眼來，嗚咽道：「誰叫搖頭貓？你才是搖頭貓。」

韋小寶聽她答話，心中大樂，笑道：「好，我就是搖頭貓。那麼你叫甚麼？」那女郎怒道：「不說！」韋小寶道：「你不肯說，只好給你起一個名字。叫做……叫做啞巴貓。」那女郎怒道：「胡說八道，我又不是啞巴。」

韋小寶坐在一疊高高堆起的少林武學典籍之上，架起了二郎腿，輕輕搖晃，見她雖滿臉怒色，但秀麗絕倫，動人心魄，笑道：「那麼你尊姓大名哪？」

那女郎道：「我說過不說，就是不說。」韋小寶道：「我有話跟你商量，沒名沒姓的，說起來有多別扭。你既不肯說，我只好給你取個名字了。嗯，取個甚麼名字好呢？」那女郎搖頭道：「不要，不要，不要！」韋小寶笑道：「有了，你叫作『韋門搖氏』。」那女郎一怔，道：「古裏古怪的，我又不姓韋。」

韋小寶正色道：「皇天在上，后土在下，我韋小寶這一生一世，便是上刀山，下油鍋，千刀萬剮，滿門抄斬，大逆不道，十惡不赦，男盜女娼，絕子絕孫，天打雷劈，生入天牢，死下無間地獄，滿身生上一千零一個大疔瘡，我也非娶你做老婆不可！」

那女郎聽他一口氣的發下許多毒誓，只聽得呆了，忽然聽到最後一句話，不由得滿臉通紅，呸了一聲。

韋小寶道：「我姓韋，因此你已經命中註定，總之是姓韋的了。我不知你姓甚麼，你不住搖頭，因此叫你『韋門搖氏』。」

那女郎閉上眼睛，怒道：「世上從來沒有像你這樣胡言亂語的和尚。你是出家人，娶甚麼……娶甚麼……也不怕菩薩降罰，死了入十八層地獄。」

韋小寶雙手合什，噗的一聲跪倒。那女郎聽到他跪地之聲，好奇心起，睜開眼來，只見他面向窗子，磕了幾個頭，說道：「我佛如來、阿彌陀佛、觀世音菩薩、文殊菩薩、普賢菩薩、玉皇大帝、四大金剛、閻王判官、無常小鬼，大家請一起聽了。我韋小寶非娶這姑娘爲妻不可。就算我死後打入十八層地獄，拔舌頭、鋸腦袋，萬劫不得超生，那也沒甚麼。我是活著甚麼也不理，死後甚麼也不怕。這老婆總之是娶定了。」

那女郎聽他說得斬釘截鐵，並無輕浮之態，不像是開玩笑，倒也害怕起來，求道：「別說了，別說了。」頓了一頓，恨恨的道：「你殺了我也好，天天打我也好，總之我是恨死了你，決計……決計不會答允的。」

韋小寶站起身來，道：「你答允也好，不答允也好，總而言之，言而總之，我今後八十年跟你耗上了。就算你變了一百歲的老太婆，我若不娶你到手，仍然死不瞑目。」

那女郎惱道：「你如此辱我，總有一天教你死在我手裏。我要先殺了你，這才自殺。」韋小寶道：「你殺我是可以的，不過那是謀殺親夫。我如做不成你老公，不會就那麼死的。」說到這句話時，不由得聲音發顫。

那女郎見他咬牙切齒，額頭青筋暴起，心中害怕起來，又閉上了眼睛。

韋小寶向著她走近幾步，只覺全身發軟，手足顫動，忽然間只想向她跪下膜拜，虔誠哀求，再跨得一步，喉頭低低叫了一聲，似是受傷的野獸嘶嚎一般，又想就此扼死了她。

那女郎聽到怪聲，睜開眼來，見他眼露異光，尖聲叫了出來。

韋小寶一怔，退後幾步，頹然坐下，心想：「在皇宮之中，我曾叫方姑娘和小郡主做我大小老婆，那時嘻嘻哈哈，何等輕鬆自在？想摟抱便摟抱，要親嘴便親嘴。這小妞兒明明給老和尚點中了穴道，動彈不得，怎地我連摸一摸她的手也不敢？」眼見她美麗的纖手從僧袍下露了出來，只想去輕輕握上一握，可便是沒這股勇氣，忍不住罵道：「辣塊媽媽！」

那女郎不懂，凝視著他。韋小寶臉一紅，道：「我罵自己膽小不中用，可不是罵你。」那女郎道：「你這般無法無天，還說膽小呢，你倘若膽小，可真要謝天謝地了。」

一聽此言，韋小寶豪氣頓生，站起身來，說道：「好，我要無法無天了。我要剝光你的衣衫，瞧瞧你不穿衣衫的美樣兒！」那女郎大驚，險些又暈了過去。

韋小寶走到她身前，見到她目光中充滿了怨毒之意，心道：「算了，算了，我韋小寶是烏龜兒子王八蛋，向你投降，不敢動手。」柔聲道：「我生來怕老婆，放你走罷。」

那女郎驚懼甫減，怒氣又生，說道：「你……你在那鎭上，跟那些……那些壞女人胡說甚麼？說我師姊和我……是……是你……甚麼的，要捉你回去，你……你這惡人……」

韋小寶哈哈大笑，道：「那些壞女人懂得甚麼？將來我娶你爲妻之後，天下一千所堂子中的十萬個婊子，排隊站在我面前，韋小寶眼角兒也不瞟她們一瞟，從朝到晚，從晚到朝，一天十二個時辰，只瞧著我親親好老婆一個。」

那女郎急道：「你再叫我一聲老……老……甚麼的，我永遠不跟你說話。」韋小寶大喜，忙道：「好，好，我不叫，我只心裏叫。」那女郎道：「心裏也不許叫。」韋小寶微笑道：「我心裏偷偷的叫，你也不會知道。」那女郎道：「哼，我怎會不知？瞧你臉上神氣古裏古怪，你心裏就在叫了。」

韋小寶道：「媽媽一生下我，我臉上的神氣就這樣古裏古怪了。多半因爲我一出娘胎，就知道將來要娶你爲妻。」那女郎閉上眼，不再理他。韋小寶道：「喂，我又沒叫你老婆，你怎不理我了？」那女郎道：「還說沒有？當面撒謊。你說娶我爲……爲甚麼的，那就是了。」韋小寶笑道：「好，這個也不說。我只說將來做了你老公……」

那女郎怒極，用力閉住眼睛，此後任憑韋小寶如何東拉西扯，逗她說話，總是不答。

韋小寶無法可施，想說：「你再不睬我，我要香你面孔了。」可是這句話到了口邊，立即縮住，只覺如此脅迫這位天仙般的美女，實是褻瀆了她，嘆道：「我只求你一件事。你跟我說了姓名，我就放你出去。」那女郎道：「你騙人。」韋小寶道：「普天下我人人都騙，只不騙你一個。這叫做大丈夫一言既出，死馬難追。小妻子一言不發，活馬好追。」那女郎一怔，問道：「甚麼死馬難追，活馬好追？」

韋小寶道：「這是我們少林派的話，總而言之，我不騙你就是。你想，我一心一意要讓你孫子叫我作爺爺，今天若騙了你，你兒子都不肯叫我爹爹，還說甚麼孫子？」

那女郎先不懂他說甚麼孫子爺爺的，一轉念間，明白他繞了彎子，又是在說那件事，輕輕說道：「我也不要你放，我受了你這般欺侮，早就不想活啦。你快一刀殺了我罷！」

韋小寶見到她頸中刀痕猶新，留著一條紅痕，好生歉疚，跪下地來，咚咚咚咚，向著她重重的磕了四個響頭，說道：「是我對姑娘不起！」左右開弓，在自己臉頰連打了十幾下，雙頰登時紅腫，說道：「姑娘別難過，韋小寶這混帳東西眞正該打！」站起身來，過去開了房門，說道：「喂，老師姪，我要解開這位姑娘的穴道，該用甚麼法子？」

澄觀一直站在禪房門口等候。他內力深厚，韋小寶和那女郎的對答，雖微聲細語，亦無不入耳，只覺這位師叔「勸說」女施主的言語，委實高深莫測，甚麼老公、老婆、孫子、爺爺，似乎均與武功無關，小師叔的機鋒妙語太也深奧，自己佛法修爲不夠，沒能領會。後來聽得小師叔跪下磕頭，自擊面頰，不由得更加感佩。禪宗傳法，弟子倘若不明師尊所傳的微言妙義，師父往往一棒打去，大喝一聲。以棒打人傳法，始於唐朝德山禪師；以大喝促人醒悟者，始於唐代道一禪師。「當頭棒喝」的成語由此而來。澄觀心想，當年高僧以棒打人而點化弟子，小師叔以掌擊己而點化這位女施主，捨己爲人，慈悲心腸更勝前人，正自感佩讚嘆，聽得他問起解穴之法，忙道：「這位女施主受封的是『大包穴』，屬足太陰脾經，師叔爲她在腿上『箕門』、『血海』兩處穴道推宮過血，即可解開。」

韋小寶道：「『箕門』、『血海』兩穴卻在何處？」澄觀捋起衣衫，指給他看膝蓋內側穴道所在，讓他試拿無誤，又教了推宮過血之法，說道：「師叔未習內勁，解穴較慢。但推拿得半個時辰，必可解開。」韋小寶點了點頭，關上房門，回到榻畔。

那女郎於兩人對答都聽見了，驚叫：「不要你解穴，不許你碰我身子！」

韋小寶尋思：「在她膝彎內側推拿半個時辰，的確不大對頭。我誠心給她解穴，但她一定說我有意輕薄。雖然老公輕薄老婆，天公地道，何況良機莫失，失機者斬。不過小妞兒性子剛，我一解開她穴道，只怕她當即一頭在牆上撞死，韋小寶就要絕子絕孫了。」回頭大聲問道：「男女授受不親，咱們出家人更須講究。若不推拿，又有甚麼法子？」

澄觀道：「是。師叔持戒精嚴，師姪佩服之至。不觸對方身體而解穴，是有法子的。袖角輕輕一拂，或以一指禪功夫臨空一指……啊喲，不對，小師叔未習內勁，這些法子都用不上，待師姪好好想想。」其實只須他自己走進房來，袖角輕輕一拂，或以一指禪功夫臨空一指，都可立時解開那女郎的穴道，但師叔既然問起，自當設法回答。可是身無內功之人，不用手指推拿而要解穴，那是何等爲難？就算他想上一年半載，也未必想得出甚麼法子。

韋小寶聽他良久不答，將房門推開一條縫，見他仰起了頭呆呆出神，只怕就此三個時辰不言不動，也不出奇，於是又帶上了門，回過身來，想起當日在皇宮中給沐劍屏解穴，從第一流的法子用到第九流的，在她身上拿捏打戳，毫無顧忌，她雖是郡主之尊，自己可一點也沒瞧在眼裏，但對眼前這無名女郎，卻爲甚麼這麼戰戰兢兢、敬若天神？

轉眼向那女郎瞧去，只見她秀眉緊蹙，神色愁苦，不由得憐惜之意大起，拿起了木魚的槌子，走到她身邊，說道：「韋小寶前世欠了你的債，今世天不怕，地不怕，就只怕你小姑娘一人。現在我向你投降，我給你解穴，可不是存心佔你便宜。」說著揭開僧袍，將木魚槌子在她左腿膝彎內側輕輕戳了幾下。那女郎白了他一眼，緊閉小嘴。韋小寶又戳了幾下，問道：「覺得怎樣？」

那女郎道：「你……你就是會說流氓話，此外甚麼也不會。」

澄觀內力深厚，輕輕一指，勁透穴道，韋小寶木魚槌所戳之處雖然部位對了，但力道不足，解不開受封的穴道。他聽那女郎出言諷刺，怒氣不可抑制，挺木魚槌重重戳了幾下。那女郎「啊」的一聲，韋小寶一驚，問道：「痛嗎？」那女郎怒道：「我……我……我……」

韋小寶又去戳她右腿膝彎，下手卻輕了，戳得數下，那女郎身子微微一顫。韋小寶喜道：「成了，少林派本來只有七十二門絕技，打從今天起，共有七十三門了。這一項新絕技是高僧晦明禪師手創，叫作……叫作『木魚槌解穴神功』，嘿嘿……」

正自得意，突然腰眼間一痛，呆了一呆，那女郎翻身坐起，伸手搶過他匕首，一劍直插入他胸中。韋小寶叫道：「啊喲，謀殺親夫……」一交坐倒。

那女郎搶過放在一旁的柳葉刀，拉開房門，疾往外竄去。澄觀伸手攔住，驚道：「女施主，你……殺……殺了我師叔……那……那……」那女郎左手柳葉刀交與右手，唰唰唰連劈三刀。澄觀袍袖拂出，那女郎雙腿酸痲，摔倒在地。

澄觀搶到韋小寶身邊，右手中指連彈，封了他傷口四周的穴道，說道：「阿彌陀佛，我佛慈悲。」三根手指抓住匕首柄，輕輕提了出來，傷口中鮮血跟著滲出。澄觀見出血不多，忙解開他衣衫，見傷口約有半寸來深，口子也不甚大，又唸了幾聲：「阿彌陀佛。」

韋小寶身穿護身寶衣，若不是匕首鋒利無匹，本來絲毫傷他不得，匕首雖透衣而過，卻已無甚力道，入肉甚淺。但他眼見自己胸口流血，傷處又甚疼痛，只道難以活命，喃喃的道：「謀殺親夫……咳咳，謀殺親……親……」

那女郎倒在地下，哭道：「是我殺了他，老和尚，你快快殺了我，給他……給他……抵命便了。」澄觀道：「唉，我師叔點化於你，女施主執迷不悟，也就罷了，這般行兇……殺人，未免太過。」韋小寶道：「我……我要死了，咳，謀殺親……」

澄觀一怔，飛奔出房，取了金創藥來，敷上他傷口，說道：「師叔，你大慈大悲，點化兇頑，你福報未盡，不會就此圓寂的。再說，你傷勢不重，不打緊的。」

韋小寶聽他說傷勢不重，精神大振，果覺傷口其實也不如何疼痛，說道：「俯耳過來，啊喲，我要死了，我要死了！」澄觀彎腰將耳朵湊到他嘴邊。韋小寶低聲道：「你解開她穴道，但不能讓她出房，等她全身武藝都施展完了，這才……這才……」澄觀問道：「這才如何？」韋小寶道：「那時候才……」心想：「就算到了那時候，也不能放她。」說道：「就……就照我吩咐，快……我要死了，死得不能再死了！」

澄觀聽他催得緊迫，雖不明其意，還是回過身來，彈指解開那女郎被封的穴道。

那女郎眼見韋小寶對澄觀說話之時鬼鬼祟祟，心想這小惡僧詭計多端，臨死之時，定是安排了毒計來整治我，否則幹麼反而放我？當即躍起，但穴道初解，血行未暢，雙腿痲軟，又即摔倒。澄觀呆呆的瞧著她，不住唸佛。那女郎驚懼更甚，叫道：「快快一掌打死了我，折磨人的不是英雄好漢。」澄觀道：「小師叔說此刻不能放你，當然也不能害死你。」

那女郎大驚，臉上一紅，心想：「這小惡僧說過，他說甚麼也要娶我爲妻，否則死不瞑目，莫非……莫非他在斷氣之前，要……要娶我做……做甚麼……甚麼老婆？」側身拾起地下柳葉刀，猛力往自己額頭砍落。

澄觀袍袖拂出，捲住刀鋒，左手衣袖向她臉上拂去。那女郎但覺勁風刮面，只得鬆手撤刀，向後躍開，澄觀衣袖一彈，柳葉刀激射而上，噗的一聲，釘入屋頂樑上。

那女郎見他仰頭望刀，左足一點，便從他左側竄出。澄觀伸手攔阻。那女郎右手五指往他眼中抓去。澄觀翻手拿她右肘，說道：「『雲煙過眼』，這是江南蔣家的武功。」那女郎飛腿踢他小腹。澄觀微微彎腰，這一腿便踢了個空，說道：「這一招『空谷足音』，源出山西晉陽，乃沙陀人的武功。不過沙陀人一定另有名稱，老衲孤陋寡聞，遍查不知，女施主可知道這一招的原名麼？」

那女郎那來理他，拳打足踢，指戳肘撞，招數層出不窮。澄觀一一辨認，只是她出招甚快，已來不及口說，只得隨手拆解，一一記在心中。那女郎連出數十招，都讓他毫不費力的破解，眼見難以脫身，惶急之下，一口氣轉不過來，晃了幾下，暈倒在地。

澄觀嘆道：「女施主貪多務得，學了各門各派的精妙招數，身上卻無內力，久戰自然不濟。依老衲之見，還是從頭再練內力，方是正途。此刻打得脫了力，倘若救醒了你，勢必再鬥，不免要受內傷，還是躺著多休息一會，女施主以為如何？不過千萬不可誤會，以為老衲袖手旁觀，任你暈倒，置之不理。啊喲，老衲胡裏胡塗，你早已昏暈，自然聽不到我說話，卻還說個不休。」

走到榻邊，一搭韋小寶脈搏，但覺平穩厚實，絕無險象，說道：「師叔不用躭心，你這傷一點不要緊的。」

韋小寶笑道：「這小姑娘所使的招數，你都記得麼？」澄觀道：「倒也記得，只是要以簡明易習的手法對付，卻大大不易。」韋小寶道：「只須記住她的招數就是。至於如何對付，慢慢再想不遲。」澄觀道：「是，是，師叔指點得是。」韋小寶道：「等她拳腳功夫使完之後，再讓她使刀，記住了招數。」澄觀道：「對，兵刃上的招數，也要記的。只不過有件事為難，她的柳葉刀已釘在樑上了。只怕她跳不到那麼高，拿不到。」韋小寶問道：「你呢？你能跳上去取下來嗎？」澄觀一怔，哈哈大笑，道：「師姪當眞胡塗之極。」

他這麼一笑，登時將那女郎驚醒。她雙手一撐，跳起身來，向門口衝出。

澄觀左袖斜拂，向那女郎身側推去。那女郎一個踉蹌，撞向牆壁，澄觀右袖跟著拂出，擋在牆前，將她身子輕輕一托，那女郎便即站穩。她一怔之際，知道自己武功和這老僧相差實在太遠，繼續爭鬥，徒然受他作弄，當即退了兩步，坐入椅中。澄觀奇道：

「咦，你不打了？」那女郎氣道：「打不過你，還打甚麼？」澄觀道：「你不出手，我怎知你會些甚麼招式？怎能想法子來破你的武功？你快快動手罷！」

那女郎心道：「好啊，原來你誘我動手，是要明白我武功家數，我偏不讓你知道。」突然躍起，雙拳直上直下，狂揮亂打，兩腳亂踢，一般的不成章法。

澄觀大奇，叫道：「咦！啊！古怪！希奇！唉！唷！不懂！奇哉！怪也！」但見她每一招都是見所未見，偶而有數招與某些門派中的招式相似，卻也是小同大異，似是而非，一時之間，頭腦中混亂不堪，只覺數十年勤修苦習的武學，突然全都變了樣子，一切奉爲天經地義、金科玉律的規則，霎時間盡數破壞無遺。

他怎知那女郎所使的，根本不是甚麼武功招式，只是亂打亂踢。她知道不論自己如何出手，這老僧決不會加害，最多也不過給他點中了穴道，躺在地下動彈不得而已，他若要制住自己，原不過舉手之勞，縱然自己使出最精妙的武功，結果也無分別，不如就此亂打亂踢。你要查知我武功的招式，我偏偏教你查不到。

澄觀熟知天下各門各派的武功，竟想不到世上儘有成千成萬全然沒學過武功之人，打起架來，出拳便打，發足便踢，講甚麼拳法腳法，招數正誤？但見那女郎各種奇招怪式源源不絕，無一不是生平從所未見，向所未聞，不由得惶然失措。

他畢生長於少林寺中，自剃度以來，從未出過寺門一步。少林寺中有人施展拳腳，自然每一招都有根有據，有人講到各派武功，自然皆是精妙獨到之招，這些小孩子的胡打亂踢，人人都見得多了，偏偏就是這位少林寺般若堂首座、武學淵博的澄觀大師從來沒見過，也從來沒聽說過。他再看得十餘招，不由得目瞪口呆，連「奇哉怪也」的感嘆之辭也說不出口了，眼前種種招式紛至沓來：「這似乎是武當長拳的『倒騎龍』，可是收式不對。難道是從崆峒派『雲起龍驤』這一招中化出來？咦，這一腳踢得更加怪了，這樣直踢出去，給人隨手一拿，便抓住了足踝。但武學之道，大巧不能勝至拙，其中必定藏有極厲害的後著變化。啊，這一招她雙手抓來，要抓我頭髮，可是我明明沒頭髮，那麼這是虛招了。武術講究虛中有實，實中有虛，爲甚麼要抓和尚頭髮，其中深意，不可不細加參詳……」

那女郎出手越亂，澄觀越感迷惘，漸漸由不解而起敬佩，由敬佩而生畏懼。

韋小寶見那女郎胡亂出手，澄觀卻一本正經的凝神鑽研，忍不住「哈」的一聲，笑了出來。這一笑牽動傷處，甚是疼痛，只得咬牙忍住，一時又痛又好笑，難當之極。

澄觀正自惶惑失措，忽聽得韋小寶發笑，登時面紅過耳，心道：「師叔笑我不識得這女施主的奇妙招數，只怕要請她來當般若堂的首座。」一回頭，見他神色痛苦，更感歉仄：「師叔心地仁厚，見我要將首座之位讓給這位女施主，心中不忍。」但見那女郎拳腳越來越亂，心想：「古人說道，武功到了絕頂，那便羚羊掛角，無跡可尋。聽說前朝有位獨孤求敗大俠，又有位令狐冲大俠，以無招勝有招，當世無敵，難道……難道……」他只須上前一試，隨便一拳一腳，便能把那女郎打倒，只是武學大師出手，必先看明對方招數，謀定後動，既對那女郎的亂打亂踢全然不識，便如黔虎初見驢子，惶恐無已。

那女郎卻也不敢向他攻擊。一個亂打亂踢，憤怒難抑；一個心驚膽戰，胡思亂想。那女郎亂打良久，手足酸軟，想到終究難以脫困，一陣氣苦，突然身子一晃，坐倒在地。

澄觀大吃一驚，心道：「故老相傳，武功練到極高境界，坐在地下即可遙遙出手傷人，只怕……只怕……」腦中本已一片混亂，惶急之下，熱血上升，登時暈了過去，也慢慢坐倒。

那女郎又驚又喜，生怕他二人安排下甚麼毒辣詭計，不敢上前去殺這老少二僧，起身便即衝出禪房。般若堂衆僧忽見一個少女向外疾奔，都驚詫不已，未得尊長號令，誰也不敢上前阻攔。韋小寶臥在榻上，也只有乾瞪眼的份兒。

過了良久，澄觀才悠悠醒轉，滿臉羞慚，說道：「師叔，我……我實在愧對本寺的列祖列宗。」韋小寶苦笑道：「你到底想到那裏去啦？」澄觀道：「這位女施主武功精妙，師姪一招也識它不得，孤陋寡聞，慚愧之至。」用心記憶那女郎的招式，可是她招數變幻無方，全無規矩脈絡可循，卻那裏記得住了？他搖搖晃晃的站起，手扶牆壁，又欲暈倒。

韋小寶笑道：「你……你說她這般亂打一氣，也是精妙武功？哈哈，呵呵，這……

這可笑……笑死我了。」澄觀奇道：「師叔說這……這是亂打一氣，不……不是精妙武功？」韋小寶按住傷口，竭力忍笑，額頭汗珠一粒粒滲將出來，不住咳嗽，笑道：「這是天下每個小孩兒……小孩兒……都……都會的……哈哈……啊喲……笑死我了。」

澄觀吁了一口氣，心下兀自將信將疑，臉上卻有了笑容，說道：「師叔，當眞這是亂打一氣？怎地我從來沒見過？」韋小寶笑道：「少林寺中，自然從來沒這等功夫。」

澄觀抬頭想了半天，一拍大腿，道：「是了。這位女施主這些拳腳雖然奇特，其實極易破解，只須用少林長拳最粗淺的招式，便可取勝。只是……只是師姪心想，天下決無如此容易之事，大巧若拙，大智若愚，良賈深藏若虛，外表看來極淺易的招式之中，必定隱伏有高深武學精義。難道這些拳腳，眞的並無高深之處？這倒奇了。這位女施主爲甚麼要在這裏施展，那些招式似乎不登大雅之堂……那豈不貽笑方家麼？」

韋小寶笑道：「我看也沒甚麼奇怪。她使不出甚麼新招了，就只好胡亂出手。唉，哈哈，呵呵！」忍不住又放聲大笑。

韋小寶所受刀傷甚輕，少林寺中的金創藥又極具靈效，養息得十多天，也就好了。他是當今皇帝的替身，在寺中地位尊崇，誰也不敢問他的事，此事既非衆所周知，只要他自己不說，旁人也就不知。他養傷之時，澄觀將兩個女郎所施的各種招式一一錄明，想出了破解之法，準備一等韋小寶傷愈，便一招一式的請他指點。

澄觀所教雖雜，但大致以「拈花擒拿手」為主。「拈花擒拿手」是少林寺的高深武學，純以渾厚內力為基，出手平淡沖雅，不雜絲毫霸氣。禪宗歷代相傳，當年釋迦牟尼在靈山會上，手拈金色波羅花示衆，衆皆默然，不解其意，唯迦葉尊者破顏微笑。佛祖說道：「我有正法眼藏，涅槃妙心，實相無相，微妙法門，不立文字，教外別傳，付囑摩訶迦葉。」摩訶迦葉是佛祖十大弟子之一，稱為「頭陀第一」，禪宗奉之為初祖。少林寺屬於禪宗，注重心悟。想佛祖拈花，迦葉微笑，不著一言，妙悟於心，那是何等超妙的境界？後人以「拈花」兩字為這路擒拿手之名，自然每一招都姿式高雅，和尋常擒拿手的扳手攀腿，大異其趣。只是韋小寶全無內力根基，以如此斯文雅致的手法拿到了高手身上，只要給對方輕輕一揮，勢必摔出幾個觔斗，跌得鼻青目腫，不免號啕大哭，微笑云云，那是全然說不上了，幸而那兩個女郎也全無內力，以無對空，倒也用得上。澄觀心想對方是兩個少女，不能粗魯相待，因此所教便著重於這路手法。

韋小寶當日向海大富學武，由於有人監督，兼之即學即用，總算學到了一點兒，此後陳近南傳他武功圖譜，只學得幾次，便畏難不學了。至於洪教主夫婦所授的救命六招，也只馬馬虎虎的學個大概，離神龍島後便不再練習。但這一次練武，卻胸懷大志，乃是要捉那綠衫女郎來做老婆，如做不成她老公，便得上刀山，下油鍋，死後身入十八層地獄，此事非同小可，學招時居然十分用心，一招一式，和澄觀拆解試演。

學得幾天，又懶了起來，忽然想到雙兒：「這小丫頭武功不弱，大可對付得了這兩個姑娘，我只須叫雙兒在身邊護法便是，不用自己學武功了。」轉念又想：「我自己使本事拿住那綠衣姑娘，香香她的面孔，這才夠味。叫雙兒點了她穴道，我再去香面孔，太也沒種，這綠衣姑娘更要瞧我不起。而且叫好雙兒做這等事，她縱然聽話，心裏一定難過，我也不能太對她不住了。就算兩人的臉孔都香，公平交易，她二人也必都不喜歡。」終於強打精神，又學招式。

這天澄觀說道：「師叔，你用心學這種武功，其實……其實沒甚麼用處。你這般拿在我身上，倘若我內力一吐，你的手腕……你的手腕就這個……就那個……」韋小寶笑道：「我的手腕就這個那個喀喇一響，斷之哀哉了。」澄觀道：「你老望安，我是決不會對你使上內勁的，師姪萬萬不敢。不過依師姪之見，還是從頭自少林長拳學起，循序漸進，才是正途。」韋小寶道：「咱們練的招式爲甚麼不是正途？」澄觀道：「這些招式沒有內功根基，遇上了高手，不論變化多麼巧妙，總不免一敗塗地。只有對付那兩位女施主，才有用處。」

韋小寶笑道：「那好極了，我就是要學來對付這位女施主。」

澄觀向著他迷惘瞪視，大惑不解，說道：「倘若今後師叔再不遇到那兩位女施主，這番工夫心血，豈不白費了？又躭誤了正經練功的時日。」
韋小寶搖頭道：「我倘若遇不到這位女施主，那就非死不可，練了正經功夫，又有甚麼用？」澄觀說的是「那兩位女施主」，韋小寶說的卻是「這位女施主」。
澄觀更加奇怪，問道：「師叔是不是中了那女施主的毒，因此非找到她來取解藥不可，否則的話，就會性命難保？」
韋小寶心道：「我說的是男女風話，這老和尚卻纏夾到那裏去了？」正色道：「正是，正是。我中了她的毒，這毒鑽入五臟六腑、全身骨髓，非她本人不解。」
澄觀「啊喲」一聲，道：「本寺澄照師弟善於解毒，我去請他來給師叔瞧瞧。」韋小寶忍笑道：「不用，不用，我所中的是慢性毒，只有她本人才是解藥，旁的人誰都不管用。澄照老和尚更加沒用。」澄觀點頭道：「原來只有她本人才有解藥。」韋小寶說「只有她本人才是解藥」，澄觀誤作「只有她本人才有解藥」，一字之差，意思大不相同。澄觀心下擔憂，喃喃自語：「唉，師叔中了這位女施主的獨門奇毒，幸虧是慢性的……」
那女郎武功招式繁多，澄觀所擬的拆法也變化不少，有些更頗爲艱難，韋小寶武功全無根柢，一時又怎學得會？他每日裏和澄觀過招試演，往往將這個白鬚皓然的老僧，當作了那紅顏綠衫的美女，有時竟言語輕佻，出手溫柔，好在澄觀一概不懂，只道這位小師叔通悟佛法，禪機深湛，自己蠢笨，難明妙詣。

這一日兩人正在禪房中談論二女的刀法，般若堂的一名執事僧來到門外，說道：「方丈大師有請師叔祖和師伯，請到大殿敘話。」

兩人來到大雄寶殿，只見殿中有數十名外客，或坐或站，方丈晦聰禪師坐在下首相陪。上首坐著三人。第一人是身穿蒙古服色的貴人，二十來歲年紀；第二人是個中年喇嘛，身形乾枯，矮瘦黝黑；第三人是個軍官，穿戴總兵服色，約莫四十來歲。站在這三人身後的數十人有的是武官，有的是喇嘛，另有十數人穿著平民服色，個個形貌健悍。

晦聰方丈見韋小寶進殿，便站起身來，說道：「師弟，貴客降臨本寺。這位是蒙古葛爾丹王子殿下，這位是青海大喇嘛昌齊大法師，這位是雲南平西王麾下總兵馬寶馬大人。」轉身向三人道：「這位是老衲的師弟晦明禪師。」

衆人見韋小寶年紀幼小，神情賊忒嘻嘻，十足是個浮滑小兒，居然是少林寺中與方丈並肩的禪師，均感訝異。葛爾丹王子忍不住笑了出來，說道：「這位小高僧當眞小得有趣，哈哈，古怪，古怪！」韋小寶合什道：「阿彌陀佛，這位大王子當眞大得滑稽，嘻嘻，希奇，希奇！」葛爾丹怒道：「我有甚麼滑稽希奇？」韋小寶道：「小僧有甚麼有趣古怪，殿下便有甚麼滑稽希奇了，難兄難弟，彼此彼此，請請。」說著便在晦聰方丈下首坐下，澄觀站在他身後。

眾人聽了韋小寶的說話，都覺莫測高深，心下暗暗稱奇。

晦聽方丈道：「三位貴人降臨寒寺，不知有何見教？」昌齊喇嘛道：「我們三人在道中偶然相遇，言談之下，都說少林寺是中原武學泰山北斗，好生仰慕。我們三人都僻處邊地，見聞鄙陋，因此上一同前來寶寺瞻仰，得見高僧尊範，不勝榮幸。」他雖是青海喇嘛，卻說得好一口北京官話，清脆明亮，吐屬文雅。

晦聽道：「不敢當。蒙古、青海、雲南三地，素來佛法昌盛。三位久受佛法光照，自是智慧明澈，還盼多加指點。」昌齊喇嘛說的是武學，晦聽方丈說的卻是佛法。少林寺雖以武功聞名天下，但寺中高僧皆以勤修佛法爲正途，向來以爲武學只是護持佛法的末節。

葛爾丹道：「聽說少林寺歷代相傳，共有七十二門絕技，威震天下，少有匹敵。方丈大師可否請貴寺眾位高僧一一試演，好讓小王等一開眼界？」晦聽道：「好教殿下得知，江湖傳聞不足憑信。敝寺僧侶勤修參禪，以求正覺，雖也有人閒來習練武功，也只強身健體而已，區區小技，不足掛齒。」葛爾丹道：「方丈，你這可太也不光明磊落了。你試演一下這七十二項絕技，我們也不過瞧瞧而已，又偷學不去的，何必小氣？」

少林寺名氣太大，上門來領教武功之人，千餘年來幾乎每月皆有，有的固是誠心求藝，有的卻是好奇心喜，只求一開眼界，更有的是惡意尋釁，寺中僧侶總是好言推辭。就算來者十分狂妄，寺僧也必以禮相待，不與計較，只有來人當眞動武傷人，寺僧才迫不得已，出手反擊，總是教來人討不了好去。像葛爾丹王子這等言語，晦聰方丈早已不知聽了多少，當下微微一笑，說道：「三位若肯闡明禪理，講論佛法，老僧自當召集僧衆，恭聆教益。至於武功甚麼的，本寺向有寺規，決不敢妄自向外來的施主們班門弄斧。」

葛爾丹雙眉一挺，大聲道：「如此說來，少林寺乃浪得虛名。寺中僧侶的武功狗屁不如，一錢不值。」晦聰微笑道：「人生在世，本是虛妄，本就狗屁不如，一錢不值。五蘊皆空，色身已是空的，名聲更是身外之物。殿下說敝寺浪得虛名，那也說得是。」

葛爾丹沒料得這老和尚竟沒半分火氣，不禁一怔，站起身來，哈哈大笑，指著韋小寶道：「小和尚，你也是狗屁不如、一錢不值之人麼？」

韋小寶嘻嘻一笑，說道：「大王子當然勝過小和尚了。小和尚確是狗屁不如，一錢不值。大王子卻是有如狗屁，值得一錢，這叫做勝了一籌。」站著的衆人之中，登時有幾人笑了出來。葛爾丹大怒，忍不住便要離座動武，隨即心想：「這小和尚在少林寺中輩份甚高，只怕眞有些古怪，也未可知。」呼呼喘氣，將滿腔怒火強行按捺。

韋小寶道：「殿下不必動怒，須知世上最臭的不是狗屁，而是人言。有些人說出話來，臭氣沖天，好比……好比……嘿嘿，那也不用多說了。至於一錢不值，還不是最賤，最賤的乃是欠了人家幾千萬、幾百萬兩銀子，抵賴不還。殿下有無虧欠，自己心裏有數。」

葛爾丹張口愕然，一時不知如何對答。

晦聽方丈說道：「師弟之言，禪機淵深，佩服，佩服。世事因果報應，有因必有果。做了惡事，必有惡果。一錢不值，也不過無善無惡，比之欠下無數孽債，卻又好得多了。」禪宗高僧，無時無刻不在探求禪理，韋小寶這幾句話，本來只是譏刺葛爾丹的尋常言語，但聽在晦聽方丈耳裏，只覺其中深藏機鋒。

澄觀聽方丈這麼一解，登時也明白了，不由得歡喜讚嘆，說道：「晦明師叔年少有德，妙悟至理。老衲跟著他老人家學了幾個月，近來參禪，腦筋似乎已開通了不少。」

一個小和尚胡言亂語，兩個老和尚隨聲附和，倒似是和葛爾丹有意的過不去。葛爾丹滿臉通紅，突然急縱而起，向韋小寶撲來。賓主雙方相對而坐，相隔二丈有餘，可是他身手矯捷，一撲即至，雙手成爪，一抓面門，一抓前胸，手爪未到，一股勁風已將他全身罩住。韋小寶便欲抵擋，已毫無施展餘地，唯有束手待斃。

晦聽方丈右手袖子輕輕拂出，擋在葛爾丹之前。葛爾丹一股猛勁和他衣袖一撞，只覺胸口氣血翻湧，便如撞在一堵棉花作面、鋼鐵為裏的厚牆上一般，身不由主的急退三步，待欲使勁站住，竟然立不住足，又退了三步，其時撞來之力已然消失，可是霎時之間，自己全身力道竟也無影無蹤，大駭之下，雙膝一軟，便即坐倒，心道：「糟糕，這次要大大出醜。」心念甫轉，只覺屁股碰到硬板，竟已回坐入自己原來的椅子。

晦聽方丈袍袖這一拂之力，輕柔渾和，絕無半分霸氣，於對方撞來的力道，頃刻間便估量得準確異常，剛好將他彈回原椅，力道稍重，葛爾丹勢必坐裂木椅，向後摔跌；力道略輕，他未到椅子，便已坐倒，不免坐在地下。來人中武功高深的，眼見他這輕輕一拂之中，孕育了武學絕詣，有人忍不住便喝出采來。

葛爾丹沒有當場出醜，心下稍慰，暗吸一口氣，內力潛生，並沒給這老僧化去，又是一喜，隨即想到自己如此魯莽，似乎沒有出醜，其實已經大大出醜，登時滿臉通紅，聽得身後有人喝采，料想不是稱讚自己給人家這麼一撞撞得好，更加惱怒。

韋小寶驚魂未定，晦聰轉過頭來，向他說道：「師弟，你定力當眞高強，外逆橫來，不見不理。《大寶積經》云：『如人在荆棘林，不動即刺不傷。妄心不起，恆處寂滅之樂。一會妄心纔動，即被諸有刺傷。』故經云：『有心皆苦，無心即樂。』師弟年紀輕輕，禪定修爲，竟已達此『時時無心、刻刻不動』的極高境界，實是宿根深厚，大智大慧。」

他怎知韋小寶所以非但沒有還手招架，甚至連躲閃逃避之意也未顯出，只不過因葛爾丹的撲擊實在來得太快，所謂「迅雷不及掩耳」，並非不想掩耳，而是不及掩耳。晦聰方丈以明心見性爲正宗功夫，平時孜孜兀兀所專注者，盡在如何修到無我境界，是以一見韋小寶竟不理會自己的生死安危，便不由得佩服之極，至於自己以「破衲功」衣袖一拂之力將葛爾丹震開，反覺渺不足道。

澄觀更加佩服得五體投地，讚道：「《金剛經》有云：『無我相，無人相，無衆生相，無壽者相』，晦明師叔竟已修到了這境界，他日自必得證阿褥多羅三藐三菩提。」

葛爾丹本已怒不可遏，聽這兩個老和尚又來大讚小和尚，當即大叫：「哈里斯巴兒，尼馬哄，加奴比丁兒！」

他身後武士突然手臂急揚，黃光連閃，九枚金鏢分射晦聰、澄觀、韋小寶三人胸口。雙方相距既近，韋小寶等又不懂葛爾丹喝令發鏢的蒙古語，猝不及防之際，九鏢勢勁力急，已然及胸。晦聰和澄觀同時叫聲：「啊喲！」晦聰仍使「破衲功」，袍袖一掩，已將三鏢捲起。澄觀雙掌一合，使一招「敬禮三寶」，將三枚金鏢都合在掌中。射向韋小寶的三鏢「噗」的一聲響，卻都已打在他胸口。

這九鏢陡發齊至，晦聰和澄觀待要救援，已然不及，都大吃一驚，卻聽得噹啷啷幾聲響，三枚金鏢落地。韋小寶身穿護身寶衣，金鏢傷他不得。

這一來，大殿上衆人無不聳動。眼見這小和尚年紀幼小，居然已練成少林派內功最高境界的「金剛護體神功」，委實不可思議，均想：「難怪這小和尚能身居少林派『晦』字輩，與成名已垂數十年的晦聰方丈並肩。」其實晦聰和澄觀接鏢的手段也都高明之極，若非內外功俱臻化境，決難辦到，只是韋小寶所顯的「本事」太過神妙，人人對這兩位老僧便不加注意了。

眾人羣相驚佩之際，昌齊喇嘛笑道：「小高僧的『金剛護體神功』練到了這等地步，也可說大爲不易，只不過這神功似乎尚有欠缺，還不能震開暗器，以致僧袍上給戳出了三個小洞。」故老相傳，這「金剛護體神功」練到登峯造極之時，周身有一層無形罡氣，敵人襲來的兵刃暗器尚未及身，已給震開，可是那也只是武林中傳說而已，也不知是否眞有人得能練成。昌齊喇嘛如此說法，眾人都知不過是鷄蛋裏找骨頭，硬要貶低對手身價。

韋小寶給三枚金鏢打得胸口劇痛，其中一枚撞在舊傷之側，更痛入骨髓，一口氣轉不過來，那裏說得出話？只得勉強一笑。

眾人都道他修爲極高，不屑與昌齊這等無理取鬧的言語爭辯。好幾個人心中都說：「你說他這門神功還沒練得到家，那麼我射你三鏢試試，只怕你胸口要開三個大洞，卻不是衣服上戳破三個小洞了。」只眾人同路而來，不便出言譏嘲。葛爾丹見韋小寶如此厲害，滿腔怒火登時化爲烏有，心想：「少林派武功，果然大有門道。」

昌齊又道：「少林寺的武功，我們已見識到了，確不是浪得虛名，狗屁不如。只不過聽說貴寺窩藏婦女，於這淸規戒律，卻未免有虧。」晦聰臉色一沉，說道：「大喇嘛此言差矣！敝寺素不接待女施主進寺禮佛，窩藏婦女之事，從何說起？」昌齊笑道：「可是江湖上沸沸揚揚，卻是眾口一辭。」晦聰方丈微微一笑，說道：「江湖流言，何必多加理會？終須像晦明師弟一般，於外界橫逆之來，全不動心，這才是悟妙理、證正覺的功夫。」

昌齊喇嘛道：「聽說這位小高僧的禪房之中，便藏著一位絕色美女，而且是他強力綁架而來。難道晦明禪師對這位美女，也全不動心麼？」

韋小寶這時已緩過氣來，大吃一驚：「他們怎麼知道了？」隨即明白：「是了，那穿藍衫的姑娘逃了出去，自然去跟她們師長說了。看來這些人是她搬來的救兵，今日是搭救我老婆來了。他說我房中有個美女，那麼我老婆逃了出去，還沒跟他們遇上。」當即微微一笑，說道：「我房中有沒有美女，一看便知，各位有興，不妨便去瞧瞧。」

葛爾丹大聲道：「好，我們便去搜查個水落石出。」說著站起身來，左手一揮，喝道：「搜寺！」他手下的從人便欲向殿後走去。

晦聰說道：「殿下要搜查本寺，不知是奉了誰的命令？」葛爾丹說道：「是我本人下令就行了，何必再奉別人命令？」晦聰道：「這話不對了。殿下是蒙古王子，若在蒙古，自可下令任意施爲。少林寺不在蒙古境內，卻不由殿下管轄。」葛爾丹指著馬總兵道：「那麼他是朝廷命官，由他下令搜寺，這總成了。」他見少林僧武功高強，人數衆多，倘若動武，己方數十人可不是對手，又道：「你們違抗朝廷命令，那便是造反。」

晦聰道：「違抗朝廷命令，少林寺是不敢的。不過這一位是雲南平西王麾下的武官，平西王權力再大，也管不到河南省來。」晦聰爲人本來精明，只是一談到禪理，就不由得將世事全然置之度外，除此之外，卻暢曉世務，與澄觀的一竅不通全然不同。

昌齊喇嘛笑道：「這位小高僧都答允了，方丈大師卻又何必藉詞阻攔？難道這位美女不是在晦明禪師房中，卻是在……是在……嘻嘻……在方丈大師的禪房之中麼？」

晦聰道：「阿彌陀佛，罪過，罪過，大師何出此言？」

葛爾丹身後忽有一人嬌聲說道：「殿下，我師妹明明是給這小和尚捉去的，快叫他們交出人來，否則我們決不能罷休，一把火將少林寺燒了。」這幾句話全是女子聲音，但說話之人卻是個男人，臉色焦黃，滿腮濃髯。

韋小寶一聽，即知此人便是那藍衫女郎所喬裝改扮，不過臉上塗了黃蠟，黏了假鬚，不禁大喜：「這幾日我正在發愁，老婆的門派不知道，姓名不知道，她背夫私逃，卻上那裏找去？現今知道她們跟這蒙古王子是一夥，很好，很好，那便走不脫了。」

晦聰也認了出來，說道：「原來這位便是那日來到敝寺傷人的姑娘，另有一位姑娘，確曾在敝寺療傷，不是隨著姑娘一起去了嗎？」

那女郎怒道：「後來我師妹又給這小和尚捉進你廟裏來了，這個老和尚便是幫手，是他將我師妹打倒的。」說著手指澄觀。

韋小寶大驚，心道：「啊喲，不好！澄觀老和尚不會撒謊，這件事可要穿了，那便如何是好？」一時徬徨無計。

那女郎手指澄觀，大聲道：「老和尚，你說，你說，有沒這回事？」澄觀合什道：「令師妹女施主到了何處，還請賜告。我師叔中了她所下的劇毒，只她本人才有解藥。女施主大慈大悲，請你趕快去求求令師妹，賜予解藥。雖然晦明師叔智慧深湛，勘破生死，對這事漫不在乎，所謂生死即涅槃，涅槃即生死，不過……唉……」

他顛三倒四的說了一大串，旁人雖不能盡曉，但也都知那女郎不在寺中，而且韋小寶給她下了毒，正要找她拿解藥解毒，否則性命難保。眾人見他形貌質樸，這番話說得極是誠懇，誰都相信不是假話，又想：「就算寺中當眞窩藏婦女，而住持又讓人搜查，少林寺百房千舍，一時三刻卻那裏搜得出來？當眞要搜，多半徒然自討沒趣。」

那女郎卻尖聲道：「我師妹明明是給你們擄進寺去的，只怕已給你們害死了。你們這些惡和尚傷天害理，毀屍滅跡，自然搜不到了。」說到後來，又氣又急，聲音中已帶嗚咽。葛爾丹點頭道：「此話甚是。這個……這個小和尚不是好人。」

那女郎指著韋小寶，罵道：「你這壞人，那天……那天在妓院裏跟那許多壞女人鬼混，又見到我師妹生得美貌，心裏便轉歹主意，一定是我師妹不肯……不肯從你，你就將她殺了。你妓院都去，還有甚麼壞事做不出來？」

晦聰聽了，微微一笑，心想那有此事。澄觀更不知妓院是甚麼東西，還道是類似少林寺戒律院、達摩院、菩提院的所在，心道：「小師叔勇猛精進，勤行善法，這是六波羅密中的『精進波羅密』，在妓院中修行，那也很好啊！」

韋小寶心中卻是大急，生怕她一五一十，將自己的胡鬧都抖了出來。

忽然馬總兵身後走出一人，抱拳說道：「姑娘，小人知道這位小禪師戒律精嚴，絕無涉足妓院之事，只怕是傳聞所誤。」

韋小寶一見，登時大喜，原來此人便是在北京會過面的楊溢之。他當日衛護吳應熊前往北京，想來吳應熊已回雲南，他這一趟便隨著馬總兵來到河南，他一直低下了頭，站在旁人身後，是以沒認他出來。

那女郎怒道：「你又怎知道？難道你認得他嗎？」

楊溢之神態恭敬，說道：「小人認得這位小禪師，我們世子也認得他。這位小禪師於我王府有極大恩惠，他出家之前，本是皇宮中的一位公公。因此去妓院甚麼的，又甚麼強逼令師妹，全無可能，決非事實，請姑娘明鑒。」

衆人一聽，都「哦」的一聲，均想：「倘若他本是太監，自然不會去嫖妓，更不會強搶女子，藏入寺中。」

那女郎見了衆人神色，知道大家已不信自己的話，更加惱怒，尖聲道：「你怎知他是太監？他如是太監，怎會說要娶……娶我師妹做……做老婆？不但小和尚風言風語，這老和尚也油嘴滑舌，愛討人便宜。」說著手指澄觀。

眾人見澄觀年逾八旬，一副獃頭獃腦的模樣，適才聽他說話結結巴巴，辭不達意，普天下要找一個比他更不油嘴滑舌之人，只怕十分爲難。這一來，對那女郎的話更加不信了，都覺今日貿然聽了她異想天開的一面之辭，來到少林寺出醜，頗爲後悔。

楊溢之道：「姑娘，你不知這位小禪師出家之前，大大有名，乃是手誅大奸臣鰲拜的桂公公。我們王爺受奸人誣陷，險遭不白之冤，全仗這位小禪師在皇上面前一力分辯，大恩大德，至今未報。」

眾人都曾聽過殺鰲拜的小桂子之名，知他是康熙所寵幸的一個小太監，不由得「哦」了一聲，臉上顯露驚佩之色。

韋小寶笑道：「楊兄，多時不見，你們世子好？從前的一些小事，你老是掛在嘴上幹甚麼？」

楊溢之隨著馬總兵上少室山來，除平西王手下諸人之外，葛爾丹和昌齊喇嘛那夥人都不知他姓名，聽韋小寶稱他爲「楊兄」，兩人自是素識無疑。只聽楊溢之道：「禪師慈悲爲懷，與人爲善，說道小事一件，我們王爺卻感激無已。雖然皇上聖明，是非黑白最後終能辨明，可是若非禪師及早代爲言明眞相，這中間的波折，可也難說得很了。」

韋小寶笑道：「好說，好說。你們王爺也太客氣了。」心下卻想：「我恨不得扳倒了你們這個漢奸王爺，只是皇上聖明，自己查知了眞相，我這個順水人情就想不做也不可得。總算當日結下了善緣，今天居然是這人來給我解圍。」

葛爾丹上上下下的向他打量，說道：「原來你就是殺死鰲拜的小太監。我在蒙古也曾聽到過你的名頭。鰲拜號稱滿洲第一勇士，那麼你的武功，並不是在少林寺中學的了。」

韋小寶笑道：「我的武功差勁之極，說來不值一笑。教過我武功的人倒是不少，這位楊大哥，就曾教過我一招『橫掃千軍』，一招『高山流水』。」說著站起身來，將這兩招隨手比劃。他沒使半分內勁，旁人瞧不出高下，但招式確是「沐家拳」無疑。

楊溢之道：「全仗禪師將這兩招演給皇上看了，才辨明我們王爺為仇家誣陷的冤屈。」

那女郎臉色已不如先前氣惱，道：「楊大哥，這小……這人當眞本來是太監？當眞於平西王府有恩？」楊溢之道：「正是。此事北京知道的人甚多。」

那女郎微一沉吟，問韋小寶道：「那麼你跟我們師姊妹……這樣……這樣開玩笑，是不是另有用意？」韋小寶道：「玩笑是沒開，用意當然是有的。」心道：「我的用意是要娶你師妹做老婆，不過這裏人多，說不出口。」那女郎道：「甚麼用意？」韋小寶微微一笑，並不答覆。衆人均想：「他既別有用意，當然不便當衆揭露。」

昌齊站起身來，合什說道：「方丈大師、晦明禪師，我們來得魯莽，得罪莫怪，這就告辭了。」晦聰合什還禮，說道：「佳客遠來，請用了素齋去。不過這位女施主……」心想你喬裝男人，混進寺來，不加追究，也就是了，再請你吃齋，未免不合寺規。昌齊笑道：「多謝，多謝！免得方丈師兄為難，這餐齋飯，大家都不吃了罷。」

當下衆人告辭出來，方丈和韋小寶、澄觀等送到山門口。

忽聽得馬蹄聲響，十餘騎急馳而來。馳到近處，見馬上乘客穿的都是御前侍衛服色，共是一十六人。沒到寺前，十六人便都翻身下馬，列隊走近，當先二人正是張康年和趙齊賢。

張康年一見韋小寶，大聲說道：「都……都……大人，你老人家好！」他本想叫「都統大人」，但見他穿著僧袍，這一句稱呼只好含糊過去。當下十六人齊向他拜了下去。

韋小寶大喜，說道：「各位請起，不必多禮。我天天在等你們。」

葛爾丹等見這十六人都是品級不低的御前侍衛，對韋小寶卻如此恭敬，均想：「這小和尚果然有些來歷。」清制總兵是正二品官，一等侍衛是正三品，二等侍衛正四品。張康年等官階雖較總兵為低，但他們是皇帝侍衛，對外省武官並不瞧在眼裏，只對馬總兵微一點頭招呼，便向韋小寶大獻殷勤。

葛爾丹見這些御前侍衛著力奉承韋小寶，對旁人視若無睹，心中有氣，哼了一聲，道：「走罷，我可看不慣這等樣子。」一行人向晦聰方丈一拱手，下山而去。

韋小寶邀衆侍衛入寺。張康年和他並肩而行，低聲道：「皇上有密旨。」韋小寶點了點頭。

到得大雄寶殿，張康年取出聖旨宣讀，卻只是幾句官樣文章，皇帝賜了五千兩銀子給少林寺，修建僧舍，重修佛像金身，又册封韋小寶爲「輔國奉聖禪師」。晦聰和韋小寶叩頭拜謝。張康年道：「皇上吩咐，要輔國奉聖禪師剋日啓程，前往五台山。」這事早在韋小寶意料之中，躬身應道：「奴才遵旨。」

奉過茶後，韋小寶邀張康年、趙齊賢二人到自己禪房中叙話。張康年從懷中取出一道密旨，雙手奉上，說道：「皇上另有旨意。」

韋小寶跪下磕頭，雙手接過，見是火漆印密封了的，尋思：「不知皇上有甚麼吩咐？聖旨上寫的字，它認得我，我不認得它。既是密旨，可不能讓張趙他們得知，還是去請教方丈師兄爲是。他決不能洩漏了機密。」

於是拿了密旨，來到晦聰的禪房，說道：「方丈師兄，皇上有一道密旨給我，要請你指點。」拆開密旨封套，見裏面摺著一大張宣紙，攤將開來，畫著四幅圖畫。

第一幅畫著五座山峯，韋小寶認得便是五台山。在南台頂之北畫著一座廟宇，寫著「清涼寺」三字。他曾在清涼寺多日，這三個字倒有點眼熟，寫在別處，他是決計不識的，寫在廟上，算是遇上熟人了。

第二幅是一個小和尚走進一座廟宇，廟額上寫的也是「清涼寺」三字。小和尚身後跟著一羣僧侶，衆僧頭頂寫著「少林寺和尚」五字。前面三字是本廟招牌，韋小寶倒也識得，「和尚」兩字雖然不識，卻也猜得到。

第三幅畫的是大雄寶殿，一個小和尚居中而坐，嬉皮笑臉，面目宛然便是韋小寶，但身披大紅袈裟，穿了方丈法衣，旁邊有許多僧人侍立。韋小寶瞧著畫中的小和尚和自己實在相像，越看越覺有趣，不覺笑了出來。

第四幅畫中這小和尚跪在地下，侍奉一個中年僧人。這僧人相貌清癯，正是出家後法名行癡的順治皇帝。

除了四幅圖畫外，密旨中更無其他文字。原來康熙雅擅丹青，知韋小寶識字有限，便畫圖下旨。這四幅圖畫說得再也明白不過，是要他到清涼寺去做住持，侍奉老皇爺。

韋小寶先覺有趣，隨即喜悅之情消滅，暗暗叫苦：「做做小和尚也還罷了，又要去做老和尚，那可糟糕之至了。」

晦聰微笑道：「恭喜師弟，皇上派你去住持清涼寺。清涼寺乃莊嚴古剎，建於北魏孝文帝時，比少林寺尤早。師弟出主大寺，必可宏宣佛法，普渡衆生，昌大我教。」韋小寶搖頭苦笑，說道：「這住持我是做不來的，一定搞得笑話百出，一塌胡塗。」晦聰道：「聖旨中畫明要師弟帶領一羣本寺僧侶，隨同前往。師弟可自行挑選。大家既是你相熟的晚輩，自當盡心輔佐，決無疏虞，師弟大可放心。」

韋小寶呆了半晌，這才恍然大悟，原來小皇帝思慮周詳，當時派自己來少林寺出家，早就安排下了今日之事。讓自己在少林寺住了半年有餘，得與羣僧相熟，以便挑選合意僧侶，同赴清涼寺。老皇爺既已出家，決不願由侍衛官兵保衛，說不定竟然來個不別而行，從此再也找他不到。少林僧武功卓絕，由自己率領了保護老皇爺，比之侍衛官兵穩妥得多了。

何況此事乃天大機密，皇帝倘若派遣侍衛官兵，去保衛五台山的一個和尚，必定沸沸揚揚，傳得舉世皆知。衆侍衛中也必有識得老皇爺的。由一個少林僧入主清涼寺，卻十分尋常，以前清涼寺的住持澄光，本就是少林寺的十八羅漢之一。又想：「倘若小皇帝起初就命我去清涼寺出家，仍太過引人注目，到少林寺來轉得一轉，就不會有人疑心了。」想到此處，對康熙的布置不由得大是欽服。

當下回去禪房，取出六千兩銀票，命張康年等分賞給衆侍衛。張趙二人沒想到韋小寶做了和尚，仍然這等慷慨，喜出望外，讚道：「自古以來，大和尚賞銀子給皇帝侍衛的，只有你韋大人一位，當眞是空前絕後，前無古人，後無來者。」

韋小寶笑道：「前無古和尚，後無來和尚。」

張康年低聲道：「韋大人，皇上派你辦甚麼大事，我們不敢多問。你有甚麼差遣，儘管吩咐好了。給你辦事就是給皇上辦事，大夥兒一樣的奮勇爭先。」趙齊賢道：「倘若韋大人要辦甚麼事，一時不得其便，我們或許可以稍盡微力。比方說，韋大人如要盜取少林寺中的武功秘本，我們就來放火燒寺，一場大亂，韋大人就可乘機下手。」張康年吃吃而笑，悄聲道：「是啊，這叫做乘火打劫，渾水摸魚。」

韋小寶一怔，隨即明白：「是了，他們一定在猜想皇上派我來少林寺做和尚，到底有甚麼用意，這次交來的密旨之中，又說了些甚麼。他們知皇上好武，派我來少林寺出家，自然是盜取武功秘本了。」笑了一笑，也低聲道：「兩位放心！這個……我已經得手啦。」

張趙二人大喜，一齊躬身請安，道：「皇上洪福齊天，韋大人精明幹練，恭喜你立此大功。」趙齊賢道：「要不要讓我們給你帶出去？廟裏和尚若有疑心，韋大人儘可解衣給他們搜查。」韋小寶笑道：「那倒不用。你們去回奏皇上，就說奴才韋小寶謹奉聖旨，已將圖畫牢牢記住，用心辦事，請皇上放心。」兩人應道：「是。」

趙齊賢想了片刻，已明白其中道理，道：「原來這些武功秘訣都是圖譜，韋大人看熟後已牢牢記住。」張康年也即省悟，讚道：「那更加好了，倘若將秘本盜了出去，廟裏和尚自然會知道，終究……終究不如那個最好，看過後記住，卻是神不知鬼不覺。那也全仗韋大人天生的絕頂聰明，像我這等蠢才，就說甚麼也記不住。」韋小寶見二人又誤會他所說的圖畫是少林寺武功圖譜，暗暗好笑，說道：「張兄不必太謙，在寺裏慢慢的看，一天兩天不成，幾個月下來，終於記住了。」兩人齊聲稱是，心想你在寺中半年有餘，少林派的武學圖譜一定記了不少。

兩人告辭出去。韋小寶想起一事，問道：「剛才在山門外遇見一批人，你們可知是甚麼來歷？」張趙二人道：「不知。」韋小寶道：「你們快去查查。這羣人來到少林寺，鬼鬼祟祟，看樣子也是想偷盜寺裏的武功秘本。尤其是那個總兵，不知是誰的部下，他身爲朝廷命官，竟膽敢想壞皇上的大事，委實大逆不道，存心造反。你們查到是何人主使，倒是一件大大的功勞。」

張趙二人喜道：「這個容易，他們下山不久，一定追得上。那總兵有名有姓，一查便知。」韋小寶明知那馬總兵是吳三桂部下，卻故意誣陷，假作不知他來歷，讓一衆御前侍衛查知，稟告皇上邀功，遠勝自己去誣告。

韋小寶又道：「跟這夥人在一起的，有個女扮男裝的少女，他們正在找尋另一個約莫十六七歲的美貌姑娘。這兩個女子，跟這件逆謀大事牽涉甚多。你們去設法詳細查明，兩個女子叫甚麼名字，甚麼出身來歷。查明之後，送封信來。」這番話自是假公濟私了。他差皇帝的侍衛去追查自己的心上人，他們貪圖賞金，定然戮力辦事。御前侍衛要查甚麼案子，普天下官府都奉命差遣，如此雷厲風行的追查，豈有找不到線索之理？

張趙二人拍胸擔保，定當查個水落石出，以報韋大人提拔之恩、知遇之德、眷顧之情、重賞之惠。

數十桶冷水紛紛潑到三人身上。這一下迅雷不及掩耳，別說三人來不及點火自焚，就算已經點著了，也會給大量冷水立時澆熄。

第二十四回　愛河縱涸須千劫　苦海難量爲一慈

眾侍衞辭去後，韋小寶去見方丈，說道既有皇命，明日便須啓程，前赴清涼寺。

晦聰方丈道：「自當如此。師弟生具宿慧，妙悟佛義，可惜相聚之日無多，又須分別，未能多有切磋，同參正法，想是緣盡於此。不知師弟要帶那些僧侶同去？」韋小寶道：「般若堂首座澄觀師姪是要的，達摩院的十八名師姪是要的。」此外又點了十多名和他說得來的僧侶，一共湊齊了三十六名。

晦聰並無異言，將這三十六名少林僧召來，說道晦明禪師要去住持五台山清涼寺，叮囑他們隨同前去，護法修持，聽由晦明禪師吩咐差遣，不可有違。

次日一早，韋小寶帶同三十六僧，與方丈等告別。來到山下，他獨自去看雙兒。

雙兒在民家寄居，和他分別半年有餘，乍見之下，驚喜交集，雖早聽張康年轉告，主人已在少林寺出家，也不知哭過了多少場，這時親眼見到他光頭僧袍，忍不住又哭了出來。

韋小寶笑道：「好雙兒，你爲甚麼哭？怪我這些日子沒來瞧你，是不是？」雙兒哭道：「不……不是的。你……你……相公出了家……」韋小寶拉住她右手，提了起來，在她手背上輕輕一吻，笑道：「傻丫頭，相公做和尚是假的。」雙兒又喜又羞，連耳根子都紅了。

韋小寶細看她臉，見她容色憔悴，瘦了許多，身子卻長高了些，更見婀娜清秀，微笑道：「你爲甚麼瘦了？天天想著我，是不是？」雙兒紅著臉，想要搖頭，卻慢慢低下頭來。韋小寶道：「好了，你快換了男裝，跟我去罷。」雙兒大喜，也不多問，當即換上男裝，扮作個書僮模樣。

一行人一路無話，不一日來到五台山下。剛要上山，只見四名僧人迎將上來，當先一名老僧合什問道：「衆位是少林寺來的師父嗎？」韋小寶點點頭。那老僧道：「這一位想必是法名上晦下明的禪師了？」韋小寶又點點頭。四僧一齊拜倒，說道：「得知禪師前來住持清涼，衆僧侶不勝之喜，已在山下等候多日了。」

澄光回歸少林寺後，清涼寺由老僧法勝住持。康熙另行差人頒了密旨給法勝，派他去長安慈雲寺做住持，一等少林僧來，便即交接。長安是首善之地，慈雲寺又比清涼寺大得多，法勝甚爲欣喜，派了四僧在五台山下迎接。佛家廟宇的住持等職司，向由僧團自行推選，不由官府委派，但皇帝有旨，僧寺通常也必遵行，並不違抗。

韋小寶等來到清涼寺中，與法勝行了交接之禮。衆僧俱來參見。玉林、行癡和行顛三僧卻不親至，只由玉林寫了個參見新住持的疏文。

法勝次日下山，西去長安，韋小寶便是清涼寺的一寺之主了。好在種種儀節規矩有澄光等僧隨時指點，他小和尚做起方丈來，倒也似模似樣，並無差錯。

那日韋小寶與雙兒在清涼寺逐走來犯敵人，救了合寺僧侶性命，衆僧都是親見，這時見他忽然落髮出家，又來清涼寺做住持，而前方丈澄心卻叫他師叔，無不奇怪，但他於本寺有恩，且奉皇命而來，各僧盡皆欣服。韋小寶命雙兒住在寺外的一間小屋之中，以便一呼即至。

來清涼寺做住持，首要大事自是保護老皇爺周全，他詢問執事僧，得知玉林、行癡、行顛三僧仍住在後山小廟，當下也不過去打擾，和澄心大師商議後，命人在距小廟半里處的東西南北四方，各結一座茅廬，派八名少林僧輪流在茅廬當值。

諸事一定，便苦候張康年和趙齊賢的音信，好得知那綠衫女郎的姓名來歷，可是等了數月，竟沒絲毫信息，寂寞之時，便和澄觀拆解招式，把老和尚當作了「那個女施主」。偶爾溜到雙兒的小屋中，跟她說說笑話，摸摸她小手。有時想及：「我服了洪教主的『豹胎易筋丸』，倘若一年之內不送一部經書去神龍島，毒性發作起來，可不是玩的，算起來也沒膩下幾個月了。我如變得又老又蠢，跟澄觀師姪一模一樣，我那綠衣老婆一見，便叫我『油嘴滑舌的老和尚』，再在她綠裙上剪下一幅布來，做頂帽子給我戴戴，那可差勁之至了！」

這一日，他百無聊賴，獨自在五台山到處亂走，心中想的只是那綠衫女郎，行到一條山溪之畔，見一株垂柳在風中不住晃動，心想：「這株柳樹若是我那綠衣老婆，老子自然毫不客氣，走上前去一把抱住。她一定不依，使一招崑崙派的『千巖競秀』，接連向我拍上幾掌。那也沒甚麼大不了，老子便使一招『沿門托鉢』，大大方方的化去。澄觀師姪說這一招要使得舉重若輕，方顯名門正派武功的風範。但老子舉輕若輕，舉重若重，當眞太重便舉不起，管他媽的甚麼名門旁門、正派邪派？這一招發出，跟著便是一招『智珠在握』，左手抓她左手，右手抓她右手，牢牢擒住，那是殺我頭也不放開了……」

他想得高興，手上便一招一式的使出，噗噗兩聲，雙手各自抓住一根柳枝，將吃奶的力氣也用了出來，牢牢握住。忽聽得一人粗聲粗氣的道：「你瞧這小和尚在發顚！」

韋小寶吃了一驚，抬頭看時，見有三個紅衣喇嘛，正向著他指指點點的說笑。韋小寶臉上一紅，一時之間，只道自己心事給他們看穿，堂堂清涼寺的大方丈，卻在荒山無人之處，想著要抓住一個美麗姑娘，實在也太丟臉，當即回頭便走。

轉過一條山道，迎面又過來幾個喇嘛。五台山上喇嘛廟甚多，韋小寶也不以爲意，有了適才之事，不願和他們正面相對，轉過了頭，假意觀賞風景，任由那幾名喇嘛從身後走過。只聽得一名喇嘛說道：「上頭法旨，要咱們無論如何，在今日午時之前趕上五台山，當眞急如星火，可是上得山來，甚麼玩意兒都沒有。那不是開玩笑麼？」另一名喇嘛道：「上頭這樣安排，總有道理的。」

韋小寶聽了也不在意，回到清涼寺，只見澄通候在山門口，一見到他，立即迎上，低聲道：「師叔，我看情形有些不大對頭。」韋小寶見他臉色鄭重，忙問：「怎麼？」

澄通招招手，和他沿著石級，走上寺側的一個小山峯。韋小寶一瞥眼間，只見南邊一團團的無數黃點，凝神看去，那些黃點原來都是身穿黃衣的喇嘛，沒一千也有九百，三五成羣，分布於樹叢山石之間。韋小寶嚇了一跳，道：「這許多喇嘛，幹甚麼哪？」澄通向西一指，道：「那邊還有。」韋小寶轉眼向西，果然也有成千喇嘛，一堆堆的或坐或立。日光自東向西照來，白光閃爍，衆喇嘛身上都帶著兵刃。韋小寶更加吃驚，道：「他們帶著兵刃，莫非……莫非……」眼望澄通。澄通緩緩點頭，說道：「師姪猜想，也是如此。」

韋小寶轉向北方、東方望去，每一邊都有數百名喇嘛，再細加觀看，但見喇嘛羣中有些披了深黃袈裟，自是一隊隊的首領了。韋小寶道：「他奶奶的，至少有四五千人。」

澄通道：「一百二十五名首領，一共是三千二百八十名喇嘛。」韋小寶讚道：「眞有你的，數得這麼淸淸楚楚。」澄通面帶愁容，問道：「那怎麼辦？」

韋小寶無言可答。遇上面對面的難事，撒謊騙人，溜之大吉，自是拿手好戲，現今對方調集三千餘衆，團團圍困，顯然一切籌劃周詳，如何對付，那可半點主意也沒有了，聽澄通這麼問，也問：「那怎麼辦？」

澄通道：「瞧對方之意，自是想擄劫行癡大師，多半要等到晚間，四方合圍進攻。」韋小寶道：「幹麼現下不進攻？」澄通道：「五台山上，喇嘛的黃廟和咱們中原釋氏的青廟向來和好。咱們青廟廟多僧多，台頂十大廟，台外十大廟。黃廟的喇嘛雖然霸道，卻也不敢欺壓。倘若日間明攻，勢必引起各青廟的聲援。」

韋小寶道：「那麼咱們立刻派人出去，通知各青廟的住持，請他們多派和尙，大夥兒跟衆喇嘛決一死戰，有分教：五台山和尙鏖兵，青廟僧大戰喇嘛。」澄通搖頭道：「五台山各青廟中的僧人，十之八九不會武功，就是會武的，功夫也都平平，沒聽說有甚麼好手。」韋小寶道：「那麼他們是不肯來援手的了？」澄通道：「赴援的也不會沒有，只怕是徒然送了性命。」韋小寶道：「難道咱們就此投降？」他鬥志向來不堅，打不過就想投降。澄通道：「咱們投降不打緊，行癡大師勢必給他們擄了去。」

韋小寶尋思：「行癡大師的身分，不知少林羣僧是否知悉。」問道：「他們大舉前來擄劫行癡大師，到底是甚麼用意？數月之前就曾來過一次，幸得衆位師姪將他們嚇退。這一次來的人數卻多得多了。」澄通沉吟道：「行癡大師定是大有來歷之人，若非牽涉到中原武林的興衰，便與青廟黃廟之爭有重大關連。此中原由，澄心師兄沒說起過。師叔既然不知，我們更加不知道了。」

韋小寶想起身上懷有皇帝親筆御札，可以調遣文武官員，說道：「眼下事情緊急，我們少林僧武功雖高，可是寡不敵衆，三十七個和尚，怎敵得過他三千多名喇嘛？我須得立刻下山求救。」澄通道：「只怕遠水救不著近火。」韋小寶道：「那麼咱們護送行癡大師，衝了出去。」澄通點頭道：「看來只有這個法子。咱們三十七名少林僧，再加上師叔的僮兒，要抵擋三千多名喇嘛，那是萬萬不能，但要從空隙中衝出，卻也不是太大難事。」韋小寶道：「就只怕行癡大師和他師父玉林大師不肯，他們說生死都是一般，逃不逃也沒分別。」澄通皺眉道：「這就須請師叔勸上一勸。」

韋小寶搖頭道：「勸服行癡大師還有法子。要勸那玉林老和尚，老子可服輸啦，這叫做老鼠拉烏龜，沒下嘴的地方。」向下望去，只見一羣羣喇嘛散坐各處，似乎雜亂無章，卻又分布均勻，上山下山的通道上更人數衆多，眼見天色一黑，這三千喇嘛一擁而上，清涼寺中的和尚只有大叫「我佛慈悲」的份兒，心想：「他媽的，老子做甚麼和尚，倘若做了喇嘛，這當兒豈不是得意洋洋，用不著躭半點心事？」

一想到「做了喇嘛」四字，腦海中靈光一閃，已有計較，當下不動聲色，說道：「我回禪房去睡他媽的一覺。」澄通愕然，瞪目而視。韋小寶不再理他，逕自下峯，回寺入房。

過不多時，澄心、澄觀、澄光、澄通四僧齊來求見。韋小寶讓四人入房，眼見各人臉有驚惶之色，他伸個懶腰，打個呵欠，懶洋洋的問道：「各位有甚麼事？」

澄心道：「山下喇嘛聚集，顯將不利本寺，願聞方丈師叔應付之策。」韋小寶道：「我想了半天，想不出甚麼好主意，只好睡覺了。大夥兒在劫難逃，只好逆來順受，刀來頸受，人家一刀砍來，用脖子去頂它一頂，且看那刀子是否鋒利，砍不砍得進去。」

澄心等三僧知他是信口胡扯，澄觀卻信以爲眞，說道：「衆喇嘛這些刀子看來甚爲鋒利，我們的脖子是抵不住的。師叔，出家人與世無爭，逆來順受，倒是不錯。但刀來頸受，未免過份。當年達摩祖師，也沒教人只挨刀子不反抗，否則的話，大家也不用學武了。」韋小寶點頭道：「依澄觀師姪之見，刀來頸受是不行的？」澄觀道：「不行。但如拳來胸受，腳來腹受，倒還可以。」他內功深湛，對方向他拳打足踢，也可不加抵擋，只須運起內功，自可將人拳腳反彈出去。

韋小寶道：「那些喇嘛都帶了戒刀禪杖，不知有甚麼法子，能開導得他們不用兵刃？」澄觀一呆，道：「那些喇嘛只怕不可理喻，要他們放下屠刀，似乎非一朝一夕之功。」韋小寶道：「這就難了，不知四位師姪有甚麼妙計？」

澄心道：「爲今之計，只有大夥兒保了玉林、行癡、行顛三位，乘隙衝出。他們旨在擄劫行癡大師，寺中其餘僧侶不會武功，諒這些喇嘛也不會加害。」

韋小寶道：「好，咱們去跟那三位老和尚說去。」

當下率領了四僧，來到後山小廟。小沙彌通報進去，玉林等聽得住持到來，出門迎迓。一見之下，玉林、行癡、行顛都大爲錯愕。三僧只聽說新住持晦明禪師是少林寺晦聰方丈的師弟，是一位年紀甚輕的高僧，不料竟然是他。

玉林和行癡登時便即明白，必是出於皇帝的安排，用意是在保護父親。釋家規矩甚嚴，住持是一廟之主，玉林等以禮參見。韋小寶恭謹還禮，一同進了禪房。

玉林請他在中間的蒲團坐下，餘人兩旁侍立。韋小寶心中大樂：「老子中間安坐，老皇爺站在旁邊侍候，就是小皇帝也沒這般威風。」強忍笑容，說道：「玉林大師、行癡大師，兩位請坐。」玉林和行癡坐了。

玉林道：「方丈大師住持清涼，小僧等沒來參謁，有勞方丈大駕親降，甚是不安。」

韋小寶道：「好說。小衲知三位不喜旁人打擾，因此一直沒來看你們。若不是今日發生了一件大事，小衲還是不會來的。」他常聽老和尚自己謙稱「老衲」，心想自己年紀小，便自稱「小衲」。衆僧聽他異想天開，杜撰了個稱呼出來，不覺暗暗好笑。玉林道：「是。」卻不問是何大事。

韋小寶道：「澄光師姪，請你給三位說說。」玉林知道新住持法名「晦明」，也知少林寺「晦」字輩比「澄」字輩高了一輩，但見這小和尚油頭滑腦，卻對這位本寺前任住持、莊嚴慈祥的有德老僧口稱「師姪」，仍然心下一怔。

澄光恭恭敬敬的應了，便將寺周有數千喇嘛重重圍困等情說了。

玉林閉目沉思半晌，睜開眼來，說道：「請問方丈大師，如何應付。」

韋小寶道：「這些喇嘛僧在本寺周圍或坐或立，料想只是觀賞風景，別無他意。這裏風景清雅，他們來遊山玩水，也是有的。」行顛忍不住道：「倘若單是觀賞風景，不會將本寺團團圍住，好幾個時辰不去。他們定是想來捉了行癡師兄去。」韋小寶道：「小衲心想天下青廟黃廟，都是我佛座下的釋氏弟子，他們如要請行癡大師去，必是仰慕三位大師佛法深湛，請你們去喇嘛廟講經說法。說不定衆喇嘛仰慕我中土佛法，大家不做喇嘛，改做和尙，那也是極好的機緣。」行顛連連搖頭，不以爲然，說道：「未必，未必！」

澄觀道：「方丈師叔，那麼他們爲甚麼都帶了兵器呢？」韋小寶合什道：「他們帶了禪杖戒刀，聲勢洶洶，或許眞是想殺本寺僧侶之頭。佛曰：『我不入地獄，誰入地獄？』我們自當刀來頸受，這叫做我不給人殺頭，誰給人殺頭？不生不滅，不垢不淨。

有生故有滅，有頭故有殺。佛有三德：大定、大智、大悲。衆喇嘛持刀而來，我們不聞不見，不觀不識，是爲大定；他們舉刀欲砍，我們當他刀即是空，空即是刀，是爲大智；一刀刀將我們的光頭都砍將下來，大家嗚呼哀哉，是爲大悲。」他在寺中日久，聽了不少佛經中的言語，便信口胡扯一番。

澄觀道：「方丈師叔，這大悲的悲字，恐怕是慈悲的悲，並非悲哀之悲。」

韋小寶微笑道：「師姪也說得是，想我佛割肉餵鷹，捨身餵虎，實是大慈大悲之至。那些喇嘛雖然兇頑，比之惡鷹猛虎，總究會好些，那麼我們捨身以如惡喇嘛之願，也是大慈大悲之心。」澄觀合什道：「師叔妙慧，令人敬服。」

韋小寶道：「昔日玉林大師曾有言道：『出家人與世無爭，逆來順受。清涼寺倘然眞有禍殃，那也是在劫難逃。』我們一齊在惡喇嘛刀下圓寂，同赴西方極樂世界，一路甚是熱鬧，倒也有趣得緊。」

衆僧面面相覷，均想韋小寶的話雖也言之成理，畢竟太過迂腐，恐怕是錯解了佛法。澄心、澄通又覺這些言語與他平素爲人全然不合，料想他說的是反話，多半是要激得玉林與行癡自行出言求救。只澄觀一人信之不疑，歡喜讚嘆。

澄心道：「啓稟方丈師叔：五台山上的衆喇嘛一向良善，不作歹事，青廟黃廟之間也素少往來，相安無事。這次前來滋擾，定是受人挑撥，未必會殺傷人命。」

行顛突然大聲道：「師父曾說，青海喇嘛要捉了師兄去，乃是想虐害萬民，要佔咱們這花花世界。咱們自己的生死不打緊，千千萬萬百姓都受他們欺侮壓迫，豈不是大大的罪業？師父曾道，咱們決不能任由他們如此胡作非為。」

韋小寶點頭道：「師兄這番話很是有理，比之小衲所見，又高了一層。只眼下喇嘛勢大，咱們只怕寡不敵衆。」行顛道：「我們保護了師父師兄，衝將出去，料想惡喇嘛也擋不住。」韋小寶道：「就怕爭鬥一起，不免要殺傷衆喇嘛的性命。阿彌陀佛，我佛有好生之德，救人一命，勝造七級浮屠，殺人一命，如拆八級寶塔。釋家諸戒，首戒殺生。這便如何是好？」行顛道：「是他們要來殺人，我們迫不得已，但求自保。能不殺人，當然最好，可也不能眼睜睜的束手待斃。」

忽然門外腳步聲響，少林僧澄覺快步進來，說道：「啓稟方丈師叔：山下衆喇嘛剛才一齊上山，又逼近了約莫一百丈，停了下來。」韋小寶道：「為甚麼上了一段路，卻又停下？多半是忽受我佛感化，生了悔悟之心，明白了『放下屠刀，立地成佛』，以及回頭是岸的大道理。」

行顛大聲道：「不是的，不是的，他們只待天一黑，便一鼓作氣，衝進來了。」他昔年是正黃旗大將，身經百戰，深知行軍打仗之道，後來才做順治的御前侍衛總管。

韋小寶道：「待他們一進本寺大雄寶殿，見到我佛如來的莊嚴寶相，忽然懸……懸甚麼勒馬，也是有的。」行顛怒道：「你這位小方丈，實在胡……胡……唉，不會的。」他本想說「實在胡塗」，總算想到不可對方丈無禮，話到口邊，忽然懸甚麼勒馬。

玉林一直默不作聲，聽著衆人辯論，眼見行顛額頭青筋迸現，說話越來越大聲，微微一笑，說道：「行顛，你自己才實在胡塗。方丈大師早已智珠在握，成竹在胸，你又何必多所憂慮？」行顛一怔，搔頭不解，說道：「啊，原來方丈大師早有妙策。」

韋小寶愁眉苦臉，說道：「我妙策是沒有。但上策下策，倒分得明白。三十六策，走爲上策，既然大家都說衝出去的好，那麼咱們就衝出去罷！只不過若非迫不得已，千萬不可多傷人命。」行顛和澄心等一齊稱是。韋小寶道：「那麼大家收拾收拾，一等天黑，他們還沒動手，咱們先衝了下去。向東衝進阜平縣縣城，這些喇嘛再惡，總不敢公然來攻打縣城。」行顛等又都稱善。

行癡忽然說道：「我是不祥之身，上次已爲我殺傷了不少性命。就算這次逃過了厄難，他們仍然死心不息。多造殺業，終無已時。」

行顛道：「師兄，這些惡喇嘛想將你綁架了去，殘害天下百姓。」行癡嘆道：「我是世間禍胎，待得他們到來，我當衆自焚其身，讓他們從此死了這條心，也就是了。」行顛急道：「皇……皇……不，師兄，那萬萬不可，我代你焚身便是。」行癡微微一笑，道：「你代我焚身，有何用處？他們只是要捉了我去，有所挾制而已。」

眾僧默然半晌。玉林道：「善哉，善哉！行癡已悟大道，這才是佛說『我不入地獄，誰入地獄』的眞義。」韋小寶心中罵道：「臭和尚，他說的是眞義，我說的便是假義了？」玉林又道：「待會眾喇嘛到來，老衲和行癡一同焚身，方丈大師和眾位師兄不可阻攔。」韋小寶和眾僧面面相覷，盡皆駭然。

行癡緩緩道：「昔日攻城掠地，生靈塗炭，小僧早已百死莫贖。今日得爲黎民捨身，亦不過以償當年罪業之萬一。倘若再因小僧而爭鬥不息，多傷人命，那更增我的罪業了。我意已決，還請各位護持，成此因緣。若能由此而感化眾位喇嘛，去惡向善，更是一件好事。」說著站起身來，向韋小寶及少林五僧合什躬身。

澄心等見他神色，顯是心意甚堅，難以進言，只得辭出，回到文殊殿中。韋小寶召集三十六名少林僧，說知此事。眾僧都道，兩位大師要自焚消業，那是萬萬不可，事到臨頭，只好以武力阻止。

韋小寶道：「大家都要保護三位大師周全，是不是？」眾僧齊道：「是！」韋小寶道：「那也不難。大家聽我的話。你們三十六位，現下衝出寺去，齊攻東路，裝作向山下突圍，但難以成功，又退回寺中，不過須得順手牽羊，擒拿四五十名喇嘛上來。」

澄心道：「方丈之意，是否將這些喇嘛作爲人質，使得他們不敢輕舉妄動？若是如此，那麼所擒拿的喇嘛位份越高越好。」

韋小寶道：「要擒拿大喇嘛恐怕不容易，不免多有殺傷，咱們只須捉來幾十個小喇嘛也就夠了。」眾僧不明他用意，但方丈有命，便都奉令出寺。

過不多時，只聽得山腰裏喊聲大作。韋小寶站在鼓樓上觀看，見三十六名少林僧衝入喇嘛羣中，刀光閃動，打了起來。

這三十六名僧人都是少林寺高手，尋常喇嘛自不是敵手，衝出數十丈後，擋路喇嘛愈聚愈多。澄心等拳打足踢、掌劈指戳，頃刻間打倒了數十人。澄心高聲叫道：「敵人勢大，衝不出去，暫且回寺，再作道理。」他內力深厚，這幾句呼聲遠遠傳了出去，山谷鳴響。澄通也縱聲叫道：「衝不出去，如何是好？」澄心叫道：「大家捉些喇嘛回去，教他們有所顧忌，不敢胡亂害人。」眾僧或雙手各抓一名喇嘛，或肩上扛了一名，轉身入寺。澄心與澄光斷後，又點倒了數人。但聽得喇嘛陣後有人以藏語傳令。眾喇嘛吶喊叫罵，卻不追來。

韋小寶笑嘻嘻的在寺門前迎接，一點人數，擒來了四十七名喇嘛。回到文殊殿中，韋小寶道：「把這些傢伙全身衣服剝光了，每人點上十八處穴道，都去鎖在後園柴房之中。」眾僧均覺方丈這道法諭大是高深莫測，當下將四十七名喇嘛都剝得赤條條地，身上加點穴道，鎖入柴房。

韋小寶合什說道：「世間諸色相，皆空皆無。無我無人，無和尚無喇嘛。空即是色，色即是空。和尚即喇嘛，喇嘛即和尚。諸位師姪，大家脫下僧袍，穿上喇嘛的袍子罷！」衆僧盡皆愕然，面面相覷。

韋小寶大聲叫道：「雙兒，你過來，幫我扮小喇嘛。」雙兒一直候在殿外，當即進殿，撿了一件最小的喇嘛袍子，助他換上。韋小寶身材矮小，穿了仍是太大，便拔出匕首，將袍子下襬和衣袖都割下了一截，腰間束上衣帶，勉強將就，帶上喇嘛冠，宛然便是個小喇嘛，對雙兒道：「你也扮個小喇嘛。」

澄光問道：「師叔改穿喇嘛服色，不知是何用意？」澄觀道：「難道咱們向喇嘛投降，改歸黃教嗎？」韋小寶道：「非也，大家扮作喇嘛，擁到後邊小廟，將玉林、行癡、行顛三個和尚捉住，點了他們穴道，再將他們換上喇嘛袍服……」

澄通聽到這裏，鼓掌笑道：「妙計，妙計！咱們幾十個假喇嘛黑夜中向山下衝去，衆喇嘛難分眞假，那就難以阻攔了。」衆僧一齊稱善，登時笑逐顏開。他們自然誰都不知，韋小寶這條妙計，不過是師法當日假扮妓女、得脫大難的故智。

澄心道：「如此衝將出去，不須多所殺傷，最爲上策。」澄光躊躇道：「只不過冒犯了行癡大師他們三位，未免不敬。」韋小寶道：「阿彌陀佛，救了三命，勝造三七二十一級浮屠。小小冒犯，勝於烈火焚身。」澄光道：「師叔說得是。」當下衆僧一齊脫下僧袍，換上喇嘛袍服。眾僧平生謹守戒律，端嚴莊重，這時卻跟著韋小寶做此胡鬧之事，眼見穿上喇嘛袍服之後形相古怪，人人忍不住好笑。

韋小寶道：「各人把僧袍包了，帶在身上，脫困後再行換過。衝下山後，倘若失散，齊到阜平縣吉祥寺會齊。」命雙兒收拾了銀兩物事，包作一包，負在背上。

堪堪等到天色將黑，韋小寶道：「大家在臉上塗些香灰塵土，每人手中提一桶水，這就動手罷！」眾僧聽了法諭，皆大歡喜，信受奉行，當下捧土抹臉，提了水桶兵刃，齊向後山奔去。來到小廟之外，眾僧唏哩嘩啦，高聲吶喊，向廟中衝去。

玉林、行癡、行顛三人已決意自焚，在院子中堆了柴草，身上澆滿了香油，只待眾喇嘛攻到，向他們說明捨身自焚的用意，便即點火。那知眾喇嘛說來便來，事先竟沒半分朕兆，待得聽到「嗚嚕嗚嚕，花差花差」似藏語非藏語的怪聲大作，數十名喇嘛已衝進廟來。

玉林朗聲道：「眾位稍待，老衲有幾句話說……」驀地裏當頭一桶冷水澆將下來，跟著數十桶冷水紛紛潑到三人身上。這一下迅雷不及掩耳，別說三人來不及點火自焚，就算已經點著了，也會給大量冷水立時澆熄。

雙兒縱身過去，先點了行顛穴道。行癡不會武功，玉林武功不弱，卻不願出手抗禦，混亂中都給點了穴道。眾僧七手八腳，脫下三人僧袍，將喇嘛袍服套在三人身上。

韋小寶有心大說杜撰藏語，生怕給玉林聽出口音，只好忍住，向雙兒一努嘴，雙兒取過燭台，便將院中堆著的柴草燒了起來。韋小寶見行顛的黃金杵放在殿角，想取了帶走，不料金杵沉重，竟提之不動，澄通伸手抓起。韋小寶手一揮，衆僧將行癡等三僧擁在中間，向東衝下山去。

只奔出數十丈，小廟中黑煙與火光已衝天而起，這大堆柴草上早已淋滿了香油，極易著火。山腰間衆喇嘛見到火起，大聲驚叫，登時四下大亂。領頭的喇嘛派人上來救火。火把光下見到韋小寶等衆僧，都道是自己人，混亂之中，又有誰來盤問阻擋？

衆僧來到山下，已將大隊喇嘛拋在路後，回頭向山上望去，但見火光燭天，那座小廟已燒穿了頂。澄通道：「小廟一燒，他們又找不到行癡大師，只道他已燒死在小廟之中，就此死了這條心，再也不來滋擾，倒是件好事。」澄光點頭道：「師弟之言有理。」

韋小寶命澄觀將行癡等三人身上穴道解了，說道：「多有得罪，還請莫怪。」

行癡等剛才穴道被點，動彈不得，耳目卻是無礙，見到經過情形，早明白是少林僧設法相救。行顛大聲喝采，說道：「妙計，妙計！大夥兒輕輕易易便逃了出來。方丈大師，你救了我們性命，多謝你還來不及，誰來怪你？」行癡決意焚身消業，行顛忠心耿耿，只得陪著殉主，但畢竟不願就此便死，此時得脫大難，自是歡喜之極。行癡微笑道：「不傷一人而化解此事，的是難能可貴。」

忽聽得迎面山道上腳步聲響，大隊人羣快步奔來。澄通道：「師叔，有大批喇嘛殺過來了。」韋小寶道：「咱們衝向前去，嘴裏嘰哩咕嚕一番，見到他們時臉上露出笑容，伸手向山上指去，總之不可與他們動手。」衆僧一齊遵命，連行癡和玉林也都點頭。

韋小寶心中大樂：「老皇爺聽我號令，老皇爺的師父也聽我號令。」

衆僧將行癡護在中間，沿大道奔去。

只見山坳後衝出一股人來，手執燈籠火把，卻不是喇嘛，都是朝山進香的香客，頸中掛了黃布袋，袋上寫著「虔誠進香」等等大字。一衆少林僧奔到近處，均是一呆，澄通等早已住口，澄觀等頭腦不大靈敏的，卻還在亂叫「杜撰藏語」。

香客中走出一名漢子，大聲喝道：「你們幹甚麼的？」這人身材魁梧，聲音洪亮。韋小寶一見大喜，認得他是御前侍衛總管多隆，當即奔上，叫道：「多大哥，你瞧小弟是誰？」

多隆一怔，從身旁一人手中接過燈籠，移到他面前照去。韋小寶向他擠眉弄眼，哈哈大笑。多隆驚喜交集，說道：「是……是韋兄弟，你……你怎麼在這裏？又扮作個小喇嘛模樣？」韋小寶笑道：「你又怎麼到了這裏？」

說話之間，多隆身後又有一羣香客趕到，帶頭的香客卻是趙齊賢。韋小寶一看，這些香客都是御前侍衛所扮，其中倒有一大半相識。衆侍衛圍了上來，嘻嘻哈哈的十分親熱。

韋小寶低聲問多隆道：「皇上派你們來的？」多隆低聲道：「皇上和太后到五台山來進香，現下是在靈境寺中。」韋小寶驚喜交集，道：「皇上到五台山來了？那好極了！好極了！」心想：「那老婊子也來幹甚麼？老皇爺恨不得殺了她。」

不多時又到了一批驍騎營的軍官士兵，也都扮作了香客。韋小寶問道：「這次從北京到五台山來的，共有多少香客？」多隆低聲道：「除了咱們御前侍衛之外，驍騎營、前鋒營、護軍營也都隨駕來此。」韋小寶道：「那怕不有三四萬官兵？」多隆道：「一共是三萬四千多人。」韋小寶道：「護駕諸營的總管是誰？」多隆道：「是康親王。」

韋小寶笑道：「那也是老朋友了。」向趙齊賢招招手，等他走近，說道：「趙大哥，請你去稟報康親王，我要調動人馬，辦一件大事，事情緊急，來不及向他請示了。」趙齊賢應命而去。

跟著驍騎營正黃旗都統察爾珠也到了。韋小寶道：「多老哥、都統大人，有數千青海喇嘛，定是得知了皇上進香的訊息，刻下團團圍住了清涼寺，造反作亂。你們兩位立即去把這干反賊拿下了，這可是一件大大的功勞。」兩人大喜，齊向韋小寶道謝，說道：「韋大人送功勞給我們，眞是何以克當。」韋小寶道：「大家忠心爲皇上辦事，分甚麼彼此？這叫做有福共享，有難同當。」兩人當即傳下令去，把守四周山道，點齊猛將精兵，向山上殺去。

韋小寶大聲叫道：「聖上仁慈英明，有好生之德，你們只須擒拿反賊，千萬不可殺傷人命。因爲聖上是鳥生魚湯，不是差勁的皇帝。」一衆侍衛、親兵齊聲答應。「堯舜禹湯」四字，康熙雖曾簡略解說過，韋小寶卻也難以明白，總之知道「鳥生魚湯」這碗湯是大大的好湯，不是差勁的湯，凡是皇帝，聽了無不喜歡。他這幾句話，卻是叫給老皇爺聽的，心想今日老小皇帝父子相會，多拍老皇爺馬屁，比之拍小皇帝馬屁更爲靈驗有效。

他轉身走到行癡跟前，說道：「三位大師，咱們身上衣服不倫不類，且到前面金閣寺去換過衣衫，找個淸靜所在休息，免得這些閒人打擾了三位淸修。」行癡等點頭稱是。

一行人又行數里，來到金閣寺。韋小寶一進寺門，便取出一千兩銀票，交給住持，說道：「暫借寶刹休息，一切不可多問。問一句話，扣十兩銀子。一句不問，這一千兩銀子都是香金。如問了一百零一句，你倒找我十兩，不折不扣，童叟無欺。」

那住持乍得巨金，又驚又喜，當即喏喏連聲，問道：「師兄要……」話到口邊，突然一怔，忙改口道：「……要喝杯茶了。」匆匆入內端茶。他本來想問「師兄要不要喝杯茶？」總算尚有急智，臨時改口，省下了十兩銀子。

韋小寶出寺暗傳號令，命百餘名御前侍衛在金閣寺四周守衛，又差兩名侍衛去奏報皇上：「奴才韋小寶職責重大，不敢擅離，在金閣寺候駕。」

一名侍衛道：「啓稟韋副總管：咱們做臣子的，該當前去叩見皇上才是，不能等皇上過來見你。」韋小寶雙手一攤，笑道：「沒法子，這一次只好壞一壞規矩了。」兩名侍衛答應了，轉過身來，都伸了伸舌頭，心道：「好大的膽子，連命也不要了。」當即奔去奏報。

衆僧換過衣衫，坐下休息，只聽得山上殺聲大震，侍衛親兵已在圍捕喇嘛。擾攘良久，聲音漸歇。又過了半個多時辰，突然萬籟俱寂，但聞數十人的腳步聲自遠而近，來到寺外而止。跟著靴聲橐橐，一羣人走進寺來。

韋小寶心想：「小皇帝到了。」拔出匕首，執在手中，守在行癡的禪房之外，臉上自是一副忠心護主、萬死不辭的模樣，單以外表而論，行顛的忠義勇烈，那可遠遠不如了。

腳步聲自外而內，十餘名身穿便裝的侍衛快步過來，手提燈籠，站在兩旁。一名侍衛低聲喝道：「快收起刀子。」韋小寶退了幾步，以背靠門，橫劍當胸，大有「一夫當關，萬夫莫入」之概，喝道：「禪房裏衆位大師正在休息，誰都不可過來囉唣。」只見一位身穿藍袍的少年走了過來，正是康熙。

韋小寶這才還劍入鞘，搶上叩頭，低聲道：「皇上大喜。老……老法師在裏面。」

康熙顫聲道：「你給我……給我通報。」轉身揮手道：「你們都出去！」

侍衆侍衛退出後，韋小寶在禪房門上輕擊兩下，說道：「晦明求見。」過了好一會，內無應聲。康熙忍不住搶上一步，在門上敲了兩下。韋小寶搖搖手，示意不可說話，康熙將已到口邊的「父皇」一聲叫喚強行忍住。

又過良久，只聽得行顛說道：「方丈大師，我師兄精神困倦，恕不相見。他身入空門，塵緣已了，請你轉告外人，不可妨他清修。」韋小寶道：「是，是，請你開門，只見一面便是。」行顛道：「我師兄之意，此處是金閣寺，大家是客，不奉方丈法旨，還盼莫怪。」

韋小寶轉頭向康熙瞧去，見他神色悽慘，心想：「你說我在這裏不是方丈，不能叫你開門，那麼我去要本寺方丈來叫門，也容易得緊。」正想轉身去叫方丈，康熙已自忍耐不住，突然放聲大哭。

韋小寶心想：「若要本寺方丈來叫開門，倒有逼迫老皇爺之意，倒還是軟求的好。」雙手在胸口猛搥數下，跟著也大哭起來，一面乾號，一面叫道：「我在這世上是個沒爹沒娘的孤兒，孤苦伶仃的，沒人疼我。做人還有甚麼樂趣？不如一頭撞死了乾淨。」假哭是他自幼熟習的拿手本事，叫得幾聲，眼淚便傾瀉而出，哭得悲切異常。

康熙聽得他大哭，初時不禁一愣，跟著又哭了起來。

只聽得「呀」的一聲，禪房門開了。行顛站在門口，說道：「請小施主進來。」

康熙悲喜交集，直衝進房，抱住行癡雙腳，放聲大哭。

行癡輕輕撫摸他頭，說道：「癡兒，癡兒。」眼淚也滾滾而下。

玉林和行顛低頭走出禪房，反手帶上了門，對站在門外的韋小寶瞧也不瞧，逕行出外。行顛覺得太過無禮，心中又對他感激，走了十幾步後，回頭叫了聲：「方丈。」

韋小寶正在凝神傾聽禪房內行癡和康熙父子二人有何說話，對行顛也沒理會，只聽得康熙哭著叫道：「父皇，這可想死孩兒了。」行癡輕聲說了幾句話，隔著房門便聽不清楚。其後康熙止了哭聲，兩人說話都是極輕，韋小寶一句也聽不見。他雖然好奇，卻也不敢將房門推開一線，側耳去聽，只得站在門外等候。

過了好一會，隱約聽到康熙提到「端敬皇后」四字，韋小寶心道：「上次老皇爺叫我轉告小皇帝，不可難爲了老婊子，我掠下了這句話沒說。這次老婊子也上五台山來，不知老皇爺現下是否回心轉意？」

再過一會，聽得行癡說道：「今日你我一會，已是非份，誤我修爲不小。此後可不能再來了。」康熙沒作聲。行癡又道：「你派人侍奉我，雖是你一番孝心，可是出家人歷練魔劫，乃應有之義，侍奉我太過周到，也是不宜……」兩人又說了一會，只聽行癡道：「你這就去罷，好好保重身子，愛惜百姓，便是向我盡孝了。」康熙似乎戀戀不捨，不肯便走。

終於聽得腳步聲響，走向門邊，韋小寶忙退後幾步，眼望庭中。

呀的一聲，房門打開，行癡攜著康熙的手走出門外。父子兩人對望片刻，康熙牢牢握住父親的手。行癡道：「你很好，比我好得多。我很放心。你也放心！」輕輕掙脫了他手，退入房內，關上了門。又過片刻，喀的一響，已上了閂。

康熙撲在門上，嗚咽不止。韋小寶站在旁邊，陪著他流淚。康熙哭了一會，料想父親再不會開門，卻也不肯就此便去，拉了韋小寶的手，和他並肩坐在庭前階石之上，取出手帕，拭了眼淚，抬頭望著滿天繁星，出了一會神，說道：「小桂子，父皇說你很好，不過不要你服侍了。父皇說臣子們護持得太周到，倒令他老人家不像是出家人了。」說到「出家人」三字，眼淚又流了下來。

韋小寶聽說老皇爺不再要他服侍，開心之極，臉上卻不敢露出絲毫喜色，但也不敢顯得太過「忠」字當頭，奮不顧身，以免又生後患，說道：「想害老皇爺的人很多，皇上總得想個法子，暗中妥爲保護才是。」

康熙道：「那是一定要的。那些惡喇嘛，哼，他奶奶的，到底有甚麼陰謀詭計？」他本來只會說一句「他媽的」，數月不見，卻多了一句「他奶奶的」。韋小寶道：「師父，你又多了一句罵人的話。」康熙臉上露出一絲微笑，道：「是我妹子從侍衛們那裏學來的。她和太后都跟著上了山……」臉色一沉，道：「父皇不想見她們。」韋小寶點了點頭。

康熙道：「那些喇嘛自然是想劫持父皇，企圖挾制於我，叫我事事聽他們的話。

哼，那有這麼容易？小桂子，你很好，這一次救了父皇，功勞不小。」

韋小寶道：「皇上神機妙算，早就料到了，派奴才到這裏做和尚，本來就是爲了做這件事。奴才也沒甚麼功勞，皇上不論差誰來辦，誰都能辦的。」

康熙道：「那也不然。父皇說你能體會他的意思，不傷一人而得脫危難。」韋小寶道：「奴才見到老皇爺要點火自焚，說甚麼捨身消業，可眞把我嚇得靈魂出竅，屁滾尿流。」康熙驚道：「甚麼點火自焚？捨身消業？」韋小寶加油添醬的說了經過，只把康熙聽得出了一身冷汗。韋小寶道：「只是奴才情急之下，將老皇爺淋了一身冷水，那可大大的不敬了。」康熙道：「你是護主心切，很好，很好。若非如此，便有危險！」

他沉默半晌，回頭向禪房門看了一眼，說道：「老皇爺吩咐我愛惜百姓，永不加賦。這句話你先前也傳過給我了，這一次老皇爺又親口叮囑，我自是永不敢忘。」

韋小寶問道：「永不加賦是甚麼東西？」康熙微微一笑，道：「賦就是賦稅。明朝那些皇帝窮奢極欲，用兵打仗，錢不夠了，就下旨命老百姓多繳賦稅。明朝的官兒們又貪污得厲害，皇帝要加賦一千萬兩，大小官兒們至少也要多刮二千萬兩。百姓本已窮得很了，朝廷今年加賦，明年加稅，百姓那裏還有飯吃？田裏收成的穀子麥子，都讓做官的拿了去，老百姓眼看全家要餓死，只好起來造反。這叫做官逼民反。」

韋小寶點頭道：「我明白了，原來明朝百姓造反，倒是做皇帝、做官的不好。」康熙道：「可不是嗎？明朝崇禎年間，普天下百姓都沒飯吃，因此東也反、西也反。殺平了河南的，陝西又反；鎭壓了山西的，四川又反。這些窮人東流西竄，也不過是爲活命。明朝亡在這些窮人手裏，他們漢人說是流寇作亂。其實甚麼亂民流寇，都是給朝廷逼出來的。」韋小寶道：「原來如此。老皇爺要皇上永不加賦，天下就沒有流寇了。皇上鳥生魚湯，鐵桶似的江山，萬歲萬歲萬萬歲。」

康熙道：「堯舜禹湯，談何容易？不過我們滿洲人來做中國皇帝，總得要強過明朝那些無道昏君，才對得起天下百姓。」

韋小寶心想：「天地會、沐王府的人，說到滿淸韃子佔我漢人江山，沒一個不恨得牙癢癢地。小皇帝卻說明朝的皇帝不好，倒還是他韃子皇帝好。那也不希奇，一個人自稱自讚，總是有的。」

康熙又道：「父皇跟我說，這幾年來他靜修參禪，想到我們滿洲人昔年的所作所爲，常常慚愧得汗流浹背。明朝崇禎是給流寇李自成逼死的，吳三桂來向我們大淸借兵，打敗了李自成，給明朝皇帝報了大仇。可是漢人百姓非但不感激大淸，反而拿咱們看作仇人，你說是甚麼緣故？」韋小寶道：「想是他們胡塗。本來天下胡塗人多，聰明人少，又或者是他們忘恩負義。」康熙道：「那倒不然。漢人說咱們是胡虜，是外族人，佔了他們花花江山。淸兵入關之後，到處殺人放火，害死了無數百姓，那也令得他們恨咱們滿洲人入骨。殺人搶劫，原本是不對的。」

韋小寶本是漢人，康熙賜他做了正黃旗滿洲人，跟他說起來，便「咱們、咱們」的，當他便是滿洲人一般。其實說到國家大事，韋小寶甚麼都不懂。只是康熙甫與父親相會，心中激動，想到父皇的諄諄叮囑，便跟這小親信講論起來。

韋小寶道：「奴才在揚州之時，也聽人說過從前清兵殺人的慘事。」

康熙嘆了口氣，道：「揚州十日，嘉定三屠，殺人不計其數，那是我們大清所做下的大惡事。我要下旨免了揚州和嘉定的三年錢糧。」

韋小寶心想：「揚州人三年不用交錢糧，大家袋裏有錢，麗春院的生意，可要大大興旺了。怎生想個法子，叫小皇帝派我去揚州辦事？我叫媽媽不用做婊子了，自己開他三家妓院，老子做老闆，再來做莊，大賭十天，也來個『揚州十日』。然後帶了大批銀兩，去嘉定大賭他媽的三次，叫做『嘉定三賭』。」又想：「老皇爺和皇上都說嘉定三賭殺人太多，是件大慘事，爲甚麼賭三次錢，便殺不少人？不知嘉定在甚麼地方。這地方的人賭錢本事厲害，倒須小心在意。」

康熙問道：「小桂子，你說好不好？」韋小寶忙道：「好，好極了，這樣一來，大家有飯吃，有錢……誰也不會造反了。」話到口邊，硬生生把「有錢賭」的「賭」字縮住了。

康熙道：「雖然大家有飯吃，有錢使，卻也未必沒人造反。你出京之時，叫侍衛們送了一個人來，說是王屋山的逆賊，我已親自問過了他幾次。」

韋小寶心中一驚，忙站起身來，說道：「皇上吩咐奴才不可多管閒事，以後再也不敢了。」康熙道：「你坐下，這件事辦得很好，那也不是閒事，今後還得大大的多管。」韋小寶道：「是，是。」心下莫名其妙。

康熙低聲道：「我命侍衛傳旨申斥你，乃掩人耳目，別讓反賊有了防備。」

韋小寶大喜，縱身一跳，這才坐下，低聲道：「奴才明白了，原來皇上怕吳三桂這反賊驚覺。」康熙道：「吳三桂是否想造反，現下還拿不定，不過他早有不臣之心，欺我年幼，不把我放在眼裏。」韋小寶道：「皇上使點兒小小手段出來，教他知道厲害。吳三桂他奶奶的，有甚麼了不起？皇上伸個小指頭兒，就殺他個橫掃千軍，高山流水。」

康熙微笑道：「這兩句成語用得不好，該說伸個小指頭兒，就橫掃千軍，殺他個落花流水。」韋小寶道：「是，是，是。奴才做了好幾個月和尚，學問半點也沒長進，以後常常服侍皇上，用起成語來就橫掃千軍，讓人家聽個落花流水。」

康熙忍不住哈哈一笑，抑鬱稍減，低聲道：「吳三桂這廝善能用兵，手下猛將精兵著實不少，倘若眞的造反，和福建耿精忠、廣東尚可喜三藩聯兵，倒也棘手得很。咱們只能慢慢來，須得謀定而後動，一動手就得叫他奶奶的吳三桂落花流水，屁滾尿流。」

康熙勤奮好學，每日躬親政務之餘，由翰林學士侍講、侍讀經書詩文，詩云子曰讀得多了，偶然說幾句「他奶奶的」、「屁滾尿流」，倒也頗有調劑之樂。他今日見到父親，本是又喜又悲，但親近不到半個時辰，便給摒諸門外，不知今後是否再能相見，深感悽傷，幸得韋小寶出言有趣，稍解愁懷，又談到了除逆定亂的大事，更激發了胸中雄心。

他站起身來，在庭中取了四塊石頭，排列在地，說道：「漢軍四王，東邊的、南邊的、西邊的，要分了開來，不能讓他們聯在一起。定南王孔有德這傢伙幸好死了，只留下一個女兒，倒容易對付。」說著輕輕一腳，踢開一塊石頭，說道：「耿精忠有勇無謀，不足為慮，只須不讓他和臺灣鄭氏聯盟便是。」一腳又踢開一塊石頭，說道：「尚可喜父子不和，兩個兒子又勢成水火，自相傾軋，料他無能為力。」將第三塊石頭也踢開了，只留下一塊最大的石頭，對住了怔怔出神。

韋小寶問道：「皇上，這是吳三桂？」康熙點點頭。韋小寶罵道：「這奸賊，自己老不死，卻累得我萬歲爺為你大傷腦筋。皇上，你在他身上拉一泡尿。」

康熙哈哈大笑，童心大起，當眞拉開褲子，便在那石頭上撒尿，笑道：「你也來。」韋小寶大笑，也在石頭上撒尿，笑道：「這一回書，叫做『萬歲爺高山流水，小桂子……小桂子……』」心想「橫掃千軍」這四字用在這裏不妥，突然想到說書先生說三國故事，有一回書叫做「關雲長水淹七軍」，便道：「小桂子水淹七軍。」

康熙更加好笑，縛好褲子，笑道：「那一日咱們捉到這臭賊，當眞在他身上撒尿。」

康熙坐回階石，只聽得廟外腳步聲甚響，雖無人喧嘩，顯是已有不少人聚集在外，

韋小寶道：「看來他們已把那些惡喇嘛都捉了來。皇上眞是洪福齊天，湊巧之極，剛好這時候趕到，把這些惡喇嘛一網打盡。」

康熙道：「那倒不是湊巧，我得到你的密報，派人查察，得訊之後，急速趕來，卻已慢了一步，讓這些惡喇嘛驚動了聖駕。若不是你機靈，我可終身遺恨無窮，罪不可逭了。」韋小寶奇道：「奴才沒給您甚麼密報啊。」

康熙道：「我派侍衛到少林寺傳旨，他們說見到了一個蒙古王子，幾個喇嘛，又有幾名武官。是不是？」韋小寶道：「是啊。」康熙道：「你吩咐他們暗中查察，這幾人辦事倒也得力。一查之下，便查到那蒙古王子叫作葛爾丹。那武官名叫馬寶，是吳三桂那廝手下的總兵。他們和一衆喇嘛混在一起。」

韋小寶一拍大腿，說道：「原來如此！奴才見他們鬼鬼祟祟，不是好人，倒不知竟是吳三桂的部下。」其實那些人的姓名來歷，他早已得知，要趙齊賢等查察，意在追尋那綠衣女郎，順便誣陷吳三桂，想不到竟會引得小皇帝趕上五台山來。

康熙道：「我大淸向來信奉喇嘛教，西藏活佛教下那些喇嘛深明佛法，良善恭順，我起初也沒在意，後來侍衛張康年跟蹤靑海喇嘛，聽到他們大集人手，要到五台山來捉

拿一位重要人物。他不知事情重大，又跟了好幾天，這才回京奏知。我一聽之下，知道情形不對，豈有不急的？當即火速啓程，只是皇帝出京，囉裏囉唆的儀注架子一大套，我雖下旨一切從簡，還是遲到了一天。」

韋小寶道：「吳三桂這反賊如此大膽，竟敢派遣數千喇嘛，前來得罪老皇爺，那……那不是公然造反麼？」康熙噓了一聲，道：「小聲！我只知他手下總兵和這些喇嘛結伴同行。他是否就此造反，現下還不能確知。」韋小寶道：「一定反，一定反！如他是好人，怎會差遣手下大將，去和這些惡喇嘛陰謀暗害老皇爺？」

康熙道：「他自然不是好人。」心下沉吟，緩緩的道：「不過我年紀還小，行軍打仗還不是他對手，最好咱們再等幾年，等我再長大些，等他又老了些。那時再動手，就可操必勝。小桂子，你不必性急，多過一天，對咱們就多一分好處，對他便多一分壞處。」

韋小寶急道：「倘若他老得死了，豈不便宜了他？」康熙微笑道：「那是他的運氣。」頓了一頓，說道：「父皇剛才叮囑我，能不用兵打仗，那是最好，一打上仗，不論勝敗，兵卒死傷，那不用說了，天下百姓便不知要受多少苦楚。因此吳三桂如乘早死了，等不到我去動手，雖然不大好玩……」他微微一頓，韋小寶接口道：「簡直大大的不好玩。」康熙一笑，道：「對於百姓兵卒，卻是一件大好事。小桂子，你想玩，幾時我帶你去遼東打黑熊，打老虎。」韋小寶大喜，叫道：「妙極，妙極！」

康熙望著禪房門，輕輕的道：「我六歲那年，父皇就曾帶我去遼東打圍，現今……」慢慢的走到門邊，手撫木門，泫然欲涕。過了一會，跪倒在地，拜了幾拜，低聲道：「父皇保重，孩兒去了。」韋小寶跟著跪拜。

康熙走到大雄寶殿，康親王傑書帶著驍騎營都統察爾珠、御前侍衛總管多隆，以及索額圖等隨駕大臣、前鋒營都統、護軍營都統等都候在殿中，見皇帝出來，跪下參見。羣臣站起後，偷眼見小皇帝眼圈甚紅，顯是大哭過一場，均感詫異。皇帝年紀雖小，但識見卓越，處事明斷，朝中大臣都對他敬畏日增，不敢稍存輕他年幼之意。小皇帝居然會哭，倒是一件奇事。又見韋小寶臉上也有淚痕，均想：「定是韋小寶這小傢伙逗得皇上哭了，兩個少年，不知搞些甚麼玩意兒。」順治在五台山出家，康熙瞞得極緊，縱是至親的妹子建寧公主也不讓知道，羣臣自然更加不知。

康親王上前奏道：「啓奏皇上：查得有數千名青海喇嘛，在清涼寺外囉唣爭鬧，不知何故，現下俱已擒獲在此，候旨發落。」康熙點點頭，道：「把爲首的帶上來。」

察爾珠押上三名老喇嘛，都帶了足鐐手銬。三名喇嘛不知康熙是當今皇帝，神態倔強，嘰哩咕嚕的說個不休。康熙突然嘰哩咕嚕的也說了起來，羣臣都吃了一驚，誰都不知皇上居然會說藏語。其實這些喇嘛是青海喇嘛，傳自蒙古，並非來自西藏，康熙和他們說的是蒙古話。說了一會，三名喇嘛俯首不語，似乎已經屈服。康熙道：「帶他們到旁邊房裏去，朕要密審。」多隆道：「是。」將三人拉入殿旁一間經房。

康熙向韋小寶招招手，兩人走入經房。韋小寶反手帶上了房門，拔出匕首，一刀砍下兩塊桌角，再在三名喇嘛眼睛、喉頭、鼻孔、耳朵各處不住比劃。康熙用蒙古話大聲問了幾句，一名最老的喇嘛神態恭順，一一回答。兩人一問一答，說了良久。韋小寶一聽康熙聲音大了起來，稍有怒色，便出匕首威嚇，若見康熙神色溫和，他就笑嘻嘻的站在一旁，向喇嘛點頭鼓勵。

康熙盤問了大半個時辰，才命侍衛將三名喇嘛帶出，叫韋小寶關上了門，沉吟道：「這可奇了。」韋小寶不敢打斷他思路，站在一旁不語。

康熙又想了一會，問道：「小桂子，父皇在這裏出家，這事有幾人知道？」韋小寶道：「除了皇上和奴才之外，知道這事的有老皇爺的師父玉林大師，他師弟行顛大師。本來有個太監海大富，他已經死了。清涼寺原來的住持澄光大師多半並不知情，只知老皇爺是一位大有來頭的人物。除此之外，只有老……老……那個太后了。」

康熙點頭道：「不錯，知道此事的，世上連父皇自己在內，再加我和你，也不過六人。可是我剛才盤問那青海喇嘛，他說是奉了塔兒寺活佛之命，到清涼寺來接一位和尚去青海。我細細盤問，清涼寺中那位和尚是何等人物，活佛接他去幹甚麼，反反覆覆的問來問去，他確是不知。他最後說，好像這位大和尚懂得密宗的許多陀羅尼咒語，活佛要他去傳授密咒，好光大佛法。這自然是胡說八道，不過瞧他樣子，也不是說謊，多半人家這麼騙他，他就信以爲眞。西藏現下已歸我大淸管束，達賴和班禪兩位活佛對我都很忠順，西藏僧俗都虔信佛法，就是五台山上的喇嘛，也一向良善奉佛，青廟黃廟歷來相處和睦。不過喇嘛教派別衆多，雖大多數是好的，但有幾個敎派妖邪不正。這次活佛派人想來劫持老皇爺，定是受了邪派喇嘛的蠱惑，或許活佛自己根本不知，是他手下大喇嘛下的命令。」

韋小寶道：「是，青海活佛又不想佔我大淸江山，他是否知道老皇爺的身分，現下難以明白。但那個挑撥活佛，前來冒犯老皇爺的人，恐怕……恐怕多半知道內情，想劫持了老皇爺，跟皇上講斤頭，佔點便宜。」康熙點了點頭。韋小寶突然害怕起來，說道：「皇上，奴才可的的確確守口如……如甚麼的，知道事關重大，連做夢也沒洩漏過半句。」康熙道：「你不會說，我是信得過的。玉林和行顚兩位自然也不會說。少林寺晦聰方丈和澄光大師就算猜到了一些，他們是有德高僧，決不會向人吐露，算來算去，只有那……那老……老賤人了。」韋小寶道：「對，對！一定是這老……老……」

康熙沉吟道：「她在慈寧宮中，暗藏假扮宮女的男人，那是我親眼所見。她當然躭心事情敗露。她殺害端敬皇后，父皇恨之入骨，父皇雖出了家，還是派遣海大富回宮去查察此事。你知道其中詳情，又在我身邊。哼，這老賤人又怎睡得著覺？她非下手害了父皇不可。只有謀害了父皇，謀害了我，再殺了你，她才得平安。」

韋小寶心想：「老婊子和神龍教早有勾結，她既知老皇爺沒死，一定去稟報了洪教主。看來這些青海喇嘛來到五台山，還和洪教主有關。」只是自己做了神龍教的白龍使，這事可不能跟皇上提及。康熙見他臉色有異，問道：「怎麼？」韋小寶忙道：「奴才心想，皇上的推想半點不錯，一定是這老……太后說出去的。除她之外，不能更有旁人。」

康熙伸手在桌上重重一拍，咬牙切齒的道：「這賤人害死我親生母后，又害得父皇出了家，令我成爲無父無母之人。我不將這賤人千刀萬剮，難消心頭之恨。可是父皇偏偏要我不可跟她爲難，這卻如何是好？」

韋小寶心想：「老皇爺不許你殺老婊子，可沒不許我殺。就算他不許我殺，老子是他方丈，只能我向他下令，不必聽他號令。不過這件事說穿就不靈了。」說道：「皇上不必煩心。這太后作惡多端，終究不會有好下場。皇上你睜開龍目，張開龍耳，等著就是了。」

康熙何等聰明，已明其意，向他凝視半晌，點一點頭，道：「不錯，這賤人作惡多端，終究不會有好下場。」他在經房中踱來踱去，說道：「眼前之計，須得不讓衆喇嘛再來冒犯父皇。最好咱們派一個靠得住的人去做西藏活佛，連青海的喇嘛也歸他管，那時自然更無後患。只不過西藏活佛是投胎轉世的，皇帝派去的只怕不行，怎生想個法子……」

韋小寶聽到這裏，只嚇得魂飛魄散，心道：「我今日假扮小喇嘛，別弄假成了眞。皇上金口一出，那就難以挽回，可得搶在頭裏。」忙道：「皇上，這西藏活佛，奴才是萬萬不做的。」康熙哈哈大笑，說道：「你倒機靈。其實做西藏活佛有甚麼不好？他管的地方比吳三桂的雲南還大，做活佛就是西藏王。」

韋小寶連連搖手，道：「我寧可在你身邊做侍衛，一做活佛，再也難以跟你在一起。西藏王也好，東藏王也好，就算是地藏王，我也不做。」這幾句倒不是假話。他和康熙相處日久，兩人年歲相若，言談投機，雖然一個是小皇帝，一個是小侍衛，已如好朋友一般，倘若遠遠分開，大家也眞都不捨得。

康熙笑道：「地藏王菩薩的名字也胡亂說得的？」推開房門，走了出來，向察爾珠和多隆道：「你二人辦事得力，朕有賞賜。」察爾珠和多隆大喜，磕頭謝恩。康熙道：「朕崇信佛法，果然這幾年來上體天心，菩薩保祐，國家平安，萬民康樂。韋小寶在這裏做朕替身，代我出家爲僧，大大有功。」韋小寶也磕頭謝恩。

康熙道：「現今韋小寶做朕替身爲期已滿，隨我回京，輪到察爾珠出家兩年，不過不是做和尚，而是做五台山大喇嘛。你挑選一千名驍騎營的得力軍官軍士，一起跟你做喇嘛。分駐山上十間大喇嘛寺。衆軍出家期間，餉銀加倍發給，另有恩賜。」察爾珠一怔，雖不大願意，也只得謝恩。

康熙道：「爲善若欲人知，便非眞善。此事吩咐衆人守口如瓶，不得洩漏，否則軍法從事，不假寬貸。多隆，你將五台山的衆喇嘛都鎖拿回京，圈禁起來。派人去告知青海活佛，說道皇上請這些喇嘛去北京崇揚佛法，明宣教義。過得幾十年，待得佛法昌盛，便送他們回青海。」他說一句，察爾珠和多隆便應一句。

韋小寶心想：「這些喇嘛再過得幾十年，還有命回家麼？他們大膽冒犯老皇爺，皇上寬宏大量，不殺他們的頭，那是大大的便宜了。」

康熙又道：「韋小寶，正式升你爲驍騎營正黃旗都統，仍兼御前侍衛副總管。察爾珠，你大喇嘛做得好，回京之後，派你到外省去做提督。」兩人又都謝恩。

韋小寶也不怎樣，心想正都統、副都統反正都是這麼一回事。察爾珠卻十分歡喜，京中大官極多，驍騎營都統不過得皇帝親信，單是驍騎營一營，八旗各有一個都統，便有八個都統，見到親王貝勒、貝子公侯，都得屈膝請安，除了餉銀之外，又沒甚麼油水，一放到外省去做提督，頭上沒人管束，自由自在，那可威風八面、財源廣進了。

其時天已黎明，康熙吩咐去淸涼寺拜佛。來到寺外，只見刀槍拋了一地，草間石上濺滿血漬，可見昨晚擒拿衆喇嘛時一場激戰，著實打得厲害。康熙入寺參拜如來和文殊菩薩後，便到後山順治參禪的小廟去察看，但見焦木殘磚，小廟早已焚毀一空，康熙暗暗心驚：「倘若父皇昨晚沒逃出，不免便燒在廟中，我……我……」一時不敢往下再想，吩咐索額圖布施白銀二千兩，重修小廟。他知父親不願張大其事，因此銀子也不便多給。

回到大雄寶殿，衆少林僧都過來相見。他們見這位小施主隨從衆多，氣派極大，自必大有來頭，說不定還是親王貝勒之流。羣僧雖不趨炎附勢，但他布施巨金，重修小廟，都合什稱謝。澄通等也都看出，那些假扮香客的隨從之中，有不少人身具武功。

康熙來到父親出家之地，不願便去，說道：「我想在寶剎借住三五天，不知使得麼？」韋小寶道：「大施主光降，求之不得……」

突然間「砰」的一聲巨響，泥沙紛紛而下，大雄寶殿頂上已穿了一洞，白影晃動，一團白色的物事直墮而下，卻是個身穿白衣的僧人，手持長劍，疾向康熙撲去，叫道：「今日爲大明天子復仇！」

康熙急忙退後，多隆、察爾珠、康親王等因在皇帝之旁，都未攜帶兵刃，大驚之下，都向那人抓去。那人左手衣袖疾揮，一股強勁之極的厲風鼓盪而出，多隆等七八人站立不穩，同時向後摔出。

澄心、澄光等齊叫：「不可傷人！」出手阻攔。那僧人又袍袖一拂，少林寺澄字輩的僧人各施絕技化開，可是衆僧的虎爪手、龍爪手、拈花擒拿手、擒龍功等等，卻也沒能抓住此人。衆僧驚詫之下，都心念一閃：「天下竟有如此人物！」

那白衣僧更不停留，又挺劍向康熙刺來。康熙背靠佛座供桌，已無可再退。

韋小寶急躍而上，擋在康熙身前，噗的一聲，劍尖刺正他胸口，長劍一彎，竟沒刺入。韋小寶胸口劇痛，他早拔出匕首在手，回手揮去，將敵劍斬爲兩截。

那白衣僧一呆。澄觀叫道：「不可傷我師叔！」左掌向他右肩拍落。白衣僧拋去斷劍，反掌擋架。澄觀只覺胸口熱血翻湧，眼前金星亂冒。

白衣僧讚道：「好功夫！」眼見四周高手甚衆，適才這一劍刺不進那小和尚身子，更大爲駭異，當下不敢戀戰，右手一長，已抓住韋小寶領口，突然身子拔起，從殿頂的破洞竄了出去。這一下去得極快，殿上空有三十六名少林高手，竟沒一人來得及阻擋。

澄心、澄光等急從破洞中跟著竄上，但見後山白影晃動，竟已在十餘丈外，這人輕功之高，委實匪夷所思。羣僧眼見追趕不上，但本寺方丈遭擒，追不上也得追，三十六僧大呼追去，只晃眼之間，那團白色人影已翻過了山坳。

注：本回回目爲佛家語，「劫」是極長的時間單位。佛家認爲，人生所以苦海無邊，在於愛心和慈念難斷。

白衣尼穩坐椅上，右手食指東一點、西一戳，將太后凌厲的攻勢一一化解。太后手挺蛾眉刺，倏進倏退，忽而躍起，忽而伏低，迅速已極，掌風將四枝蠟燭都逼熄了。

第二十五回　烏飛白頭竄帝子　馬挾紅粉啼宮娥

韋小寶給提著疾行，猶似騰雲駕霧一般，一棵棵大樹在身旁掠過，只覺越奔越高，心中說不出的害怕：「這賊禿一劍刺不死我，定然大大不服氣。他要改用別法，且看從萬丈高峯上擲下來，我這小賊禿會不會死？」果然不出所料，那白衣僧突然鬆手，將韋小寶擲下。

韋小寶大叫一聲，跟著背心著地，卻原來只摔在地下。白衣僧冷冷的瞧著他，說道：「聽說少林派有一門護體神功，刀槍不入，想不到你這小和尚也會。」韋小寶聽那人語音清亮，帶著三分嬌柔，微感詫異，看那人臉時，只見雪白一張瓜子臉，雙眉彎彎，鳳目含愁，竟是個極美貌的中年女子，只是剃光了頭，頂有香疤，原來是個尼姑。

韋小寶心中一喜：「尼姑總比和尚好說話些。」忙欲坐起，只覺胸口劇痛，卻是適才給她刺了一劍，雖仗寶衣護身，沒刺傷皮肉，但她內力太強，戳得他疼痛已極，「啊喲」一聲，又即翻倒。

那女尼冷冷的道：「我道少林神功有甚麼了不起，原來也不過如此。」

韋小寶道：「不瞞師太說，清涼寺大雄寶殿中那三十六名少林僧，有的是達摩院首座，有的是般若堂首座，唉唷……少林派大名鼎鼎的十八羅漢都在其內，個個都是少林派一等一的頭挑高手。他們三十六人敵不過你師太一個人，唉唷……」頓了一頓，又道：「早知如此，我也不入少林寺了，唉唷……拜了師太爲師，那可高上百倍。」

白衣尼冷峻的臉上露出一絲笑容，問道：「你叫甚麼名字？在少林寺學藝幾年了？」

韋小寶思忖：「她行刺皇上，說要爲大明天子復仇，自然是反清復明之至，只不知她跟天地會是友是敵，還是暫不吐露的爲妙。」便道：「我是揚州窮人家的孤兒，爹爹給韃子兵殺死了，從小給抓進了皇宮去當小太監，叫作小桂子。後來……」

白衣尼沉吟道：「小太監小桂子？好像聽過你的名字。韃子朝廷有個大奸臣鰲拜，是給一個小太監殺死的，那是誰殺的？」韋小寶聽得「鰲拜」的名字上加了「大奸臣」三字，忙道：「是……是我殺的。」白衣尼將信將疑，道：「當眞是你殺的？那鰲拜武功很高，號稱滿洲第一勇士，你怎殺他得了？」

韋小寶慢慢坐起，說了擒鰲拜的經過，如何小皇帝下令動手，如何自己冷不防在鰲拜背上刺了一刀，如何將香灰撒入他眼中，如何以銅香爐砸他的頭，後來又如何在囚室中刺他背脊。這件事他已說過好幾遍，每多說一次，油鹽醬醋等等作料便加添一些。

白衣尼靜靜聽完，嘆了口氣，自言自語：「倘若當眞如此，莊家那些寡婦們可眞要多謝你了。」韋小寶喜道：「你老人家說的是莊家三少奶奶她們？她們早謝過我了，還送了個丫頭給我，叫作雙兒，這時候她一定急死啦，她……」白衣尼問道：「你又怎地識得莊家的人了？」韋小寶據實而言，最後道：「你老人家倘若不信，可以去叫雙兒來問。」白衣尼道：「你知道三少奶和雙兒，那就是了。怎麼又去做了和尚？」

韋小寶心想老皇爺出家之事自當隱瞞，說道：「小皇帝派我做他替身，到少林寺出家，後來又派我去清涼寺。少林派的武功我學得很少，其實就算再學幾十年，把甚麼韋陀掌、般若掌、拈花擒拿手等等都學會了，在你老人家面前，那也毫無用處。」

白衣尼突然臉一沉，森然道：「你既是漢人，爲甚麼認賊作父，捨命去保護皇帝？眞是生成的奴才胚子！」

韋小寶心中一寒，這句話實在不易回答，當時這白衣尼行刺康熙，他情急之下，挺身遮擋，可全沒想到要討好皇帝，只覺康熙是自己世上最親近之人，就像是親哥哥一樣，無論如何不能讓人殺了他。

白衣尼冷冷的道：「滿洲韃子來搶咱們大明天下，還不算最壞的壞人，更壞的是爲虎作倀的漢人，只求自己榮華富貴，甚麼事都做得出。」說著眼光射到韋小寶臉上，緩緩的道：「我把你從這山峯上拋下去，你的護體神功還管不管用？」

韋小寶大聲道：「當然不管用。其實也不用將我拋下山去，你只須輕輕在我頭頂一掌，我的腦袋立刻碎成十七八塊。」

白衣尼道：「那麼你討好韃子皇帝，還有甚麼好處？」

韋小寶大聲道：「我不是討好他，小皇帝是我朋友，他……他說過要永不加賦，愛惜百姓。咱們江湖上漢子，義氣爲重，要愛惜百姓。」其實他對康熙義氣倒確是有的，愛惜百姓甚麼，卻做夢也沒想過，眼前性命交關，只好抬出這頂大帽子來抵擋一陣。

白衣尼臉上閃過一陣遲疑之色，問道：「他說過要永不加賦，愛惜百姓？」韋小寶忙道：「不錯。也不知說過幾百遍了。他說韃子進關之後大殺百姓，大大的不該，甚麼揚州十日、嘉定三賭，簡直是禽獸畜生做的事。他心裏不安，所以要上五台山來燒香拜佛，還下旨免了揚州、嘉定三年錢糧。」白衣尼點了點頭。韋小寶又道：「鰲拜這大奸臣害死了許多忠良，小皇帝不許他害，他偏不聽，小皇帝大怒，就叫我殺他。好師太，你若殺了小皇帝，朝廷裏大事就由太后做主了。這老婊子壞得不得了，她一拿權，又要搞甚麼揚州十日、嘉定三賭。你要殺韃子，還是去殺了太后這老婊子的好。」

白衣尼瞪了他一眼，道：「在我面前，不可口出粗俗無禮的言語。」韋小寶道：

「是，是！在你老人家跟前，以後七八十年之中，我再也不說半句粗俗的言語。」

白衣尼抬頭望著天上白雲，不去理他，過了一會，問道：「太后有甚麼不好？」韋小寶心想：「太后做的壞事，跟這師太全不相干，我得造些罪名加在她頭上。」說道：「太后說該當把大明十七八代皇帝的墳墓都掘了，看看墳裏有甚麼寶貝，又說天下姓朱的漢人都不大要得，應當家家滿門抄斬，免得他們來搶回大清的江山……」

白衣尼大怒，右手一掌拍在石上，登時石屑紛飛，厲聲道：「這女人好惡毒！」

韋小寶道：「可不是嗎？我勸小皇帝道，這等事萬萬做不得。」

白衣尼哼了一聲，道：「你有甚麼學問，說得出甚麼道理，勸得小皇帝信你的話？」

韋小寶道：「我的道理可大著哪。我說，皇上，一個人總是要死的。陽間固然是你們滿洲人掌權，你可知陰世的閻羅王是漢人還是滿人？那些判官、小鬼、牛頭、馬面、黑無常、白無常，是漢人還是滿人？他們個個是漢人。你在陽間欺凌漢人，皇上，世間並沒有眞正萬歲之人，就算你活到一百歲，總有一天你要大大的糟糕。小皇帝說，小桂子，虧得你提醒。因此太后那些壞主意，小皇帝一句也不聽，反說要頒下銀兩，大修大明皇帝的墳，從洪武爺爺的修起，一直修到崇禎皇帝，對了，還有甚麼福王、魯王、唐王、桂王。我也記不清那許多皇帝。」

白衣尼突然眼圈一紅，掉下淚來，一滴滴眼淚從衣衫上滾下，滴在草上，過了好一會，她伸衣袖一拭淚水，說道：「若眞如此，你不但無過，反而有極大功勞，要是我大明列代皇帝的陵墓都教這惡女人給掘了……」說到這裏，聲音哽咽，再也說不下去。她站起身來，走上一塊懸崖。

韋小寶大叫：「師太，你……你千萬不可……不可自尋短見。」說著奔過去拉她左臂。在這片刻之間，他對這美貌尼姑已大有好感，只覺她清麗高雅，斯文慈和，生平所見女子中沒一個及得上。奮力拉扯之下，只拉到一隻空袖，韋小寶一怔，才知她沒了左臂，急忙鬆手。

白衣尼回頭道：「胡鬧！我爲甚麼要尋短見？」韋小寶道：「我見你很傷心，怕你一時想不開。」白衣尼道：「我如自尋短見，你回到皇帝身邊，從此大富大貴，豈不是好？」韋小寶道：「不，不！我做小太監是迫不得已，韃子兵殺了我爸爸，我怎能認賊作……作那個爹？」白衣尼點點頭，道：「你倒也還有良心。」從身邊取出十幾兩銀子，伸手給他，說道：「給你做盤纏，你回揚州本鄉去罷。」

韋小寶心想：「我賞人銀子，不是二百兩，也有一百兩，怎希罕你這點兒錢？這師太心腸軟，我索性討討她的好。」不接銀子，突然伏在地下，抱住她腿，放聲大哭。

白衣尼皺眉道：「幹甚麼？起來，起來。」韋小寶道：「我……我不要銀子。」白衣尼道：「那你哭甚麼？」韋小寶道：「我沒爹沒娘，從來沒人疼我，師太，你……你就像我娘一樣。我自個兒常常想，有……有個好好疼我的媽媽就好了。」白衣尼臉上一紅，輕聲啐道：「胡說八道！我是出家人……」韋小寶道：「是，是！」站起身來，淚痕滿臉，說哭便哭原是他的絕技之一。

白衣尼沉吟道：「我本要去北京，那麼帶你一起上路好了。不過你是個小和尚……」

韋小寶心想，回去北京，那當眞再好不過，忙道：「我這小和尚是假的，下山後換過衣衫，便不是小和尚了。」

白衣尼點點頭，更不說話，同下峯來。遇到險峻難行之處，白衣尼提住他衣領，輕輕巧巧的一躍而過。韋小寶大讚不已，又說少林派武功天下聞名，可及不上她一點邊兒，那白衣尼便似聽而不聞。待韋小寶說到第七八遍時，白衣尼道：「少林派武功自有獨到之處，小孩兒家井底之蛙，不可信口雌黃。單以你這刀槍不入的護體神功而言，我就不會。」

韋小寶一陣衝動，說道：「我這護體神功是假的。」解開外衣，露出背心，道：「這件背心才是刀槍不入。」白衣尼伸手一扯，指上用勁，以她這一扯之力，連鋼絲也扯斷了，可是那背心竟紋絲不動。她微微一笑，道：「原來如此。我本來奇怪，就算少林派內功當眞了得，以你小小年紀，也決計練不到這火候。」解開了心中一個疑團，甚是高興，笑道：「你這孩子，說話倒也老實。」

韋小寶暗暗好笑，一生之中，居然有人讚他老實，當眞希罕之至，說道：「我對別人也不怎麼老實，對師太卻句句說的是實話，也不知是甚麼緣故，多半是我把你當作是我……我媽……」白衣尼道：「以後別再說這話，難聽得很。」

韋小寶道：「是，是。」心道：「你在我胸口戳了這一下，這時候還在痛。我已叫了你好幾聲媽，就算扯直了。」他叫人媽媽，就是罵人爲婊子，得意之下，又向白衣尼瞧了一眼，見到她高華貴重的氣象，不自禁的心生尊敬，好生後悔叫了她幾聲「媽」。

他又向白衣尼望了一眼，卻見她淚水盈眶，泫然欲泣，心下奇怪。

他自然不知道，白衣尼心中正在想：「這件背心，我早該想到了。他……他……可不是也有這麼一件嗎？」

白衣尼和他自北邊下山，折而向東。到得一座市鎭，韋小寶便去購買衣衫，打扮成個少年公子模樣。他假扮喇嘛，護著順治離淸涼寺時，幾十萬兩銀票自然決不離身。一路之上吩咐店家供應精美素齋。服侍得白衣尼十分周到。

白衣尼對菜餚美惡分辨甚精，便如出身於大富大貴之家一般，與那些少林僧全然不同。她雖不有意挑剔，但如菜餚精致，便多吃幾筷。韋小寶有的是銀子，只要市上買得到，甚麼人參、燕窩、茯苓、銀耳、金錢菇，有多貴就買多貴。他掌管御廚多時，太后、皇帝每逢佛祖誕、觀音誕或是祈年大齋都要吃素，他點起素菜來自也十分在行。有時客店中的廚子不知如何烹飪，倒要他去廚房指點一番，煮出來倒也與御膳有七八分差相彷彿。

白衣尼沉默寡言，往往整日不說一句話。韋小寶對她既生敬意，便也不敢胡說八道。不一日到了北京，韋小寶去找了一家大客店，一進門便賞了十兩銀子。客店掌櫃雖覺尼姑住店有些突兀，但這位貴公子出手豪闊，自是殷勤接待。白衣尼似乎一切視作當然，從來不問。

用過午膳後，白衣尼道：「我要去煤山瞧瞧。」韋小寶道：「去煤山嗎？那是崇禎皇帝歸天的地方，咱們得去磕幾個頭。」

那煤山便在皇宮之側，片刻即到。來到山上，韋小寶指著一株大樹，說道：「崇禎皇帝便是在這株樹上吊死的。」

白衣尼伸手撫樹，手臂不住顫動，淚水撲簌簌的滾落，忽然放聲大哭，伏倒在地。

韋小寶見她哭得傷心，尋思：「難道她認得崇禎皇帝？」心念一動：「莫非她就跟陶姑姑一樣，也是大明皇宮裏的宮女，說不定還是崇禎皇帝的妃子。不，年紀可不對了，她看起來比老婊子還年輕，不會是崇禎的妃子。」只聽她哭得哀切異常，一口氣幾乎轉不過來，忍不住也掉下淚來，跪倒在地，向那樹拜了幾拜。

白衣尼哀哭良久，站起身來，抱住了樹幹，突然全身顫抖，昏暈了過去，身子慢慢軟垂下來。韋小寶吃了一驚，急忙扶住，叫道：「師太，師太，快醒來。」

過了好一會，白衣尼悠悠醒轉，定了定神，說道：「咱們去皇宮瞧瞧。」韋小寶道：「好，咱們先回客店。我去弄套太監的衣衫來，師太換上了，我帶你入宮。」白衣尼怒道：「我怎能穿韃子太監的衣衫？」韋小寶道：「是，是。那麼……那麼……有了，師太扮作個喇嘛，皇宮裏經常有喇嘛進出的。」白衣尼道：「我也不扮喇嘛。就這樣衝進宮去，誰能阻擋？」

韋小寶道：「是，諒那些侍衛也擋不住師太。只不過……這不免要大開殺戒。師太只顧殺人，就不能靜靜的瞧東西了。」他可真不願跟白衣尼就這樣硬闖皇宮。

白衣尼點頭道：「那也說得是，今天晚上乘黑闖宮便了。你在客店裏等著我，以免碰到危險。」韋小寶道：「不，不，我跟你一起去。你一個人進宮，我不放心。皇宮裏我可熟得到了家，地方熟，人也熟。你想瞧甚麼地方，我帶你去便是。」白衣尼不語，呆呆出神。

到得二更天時，白衣尼和韋小寶出了客店，來到宮牆之外。韋小寶道：「咱們繞到東北角上，那邊的宮牆較矮，裏面是蘇拉雜役居住的所在，沒甚麼侍衛巡查。」白衣尼依著他指點，來到北十三排之側，抓住韋小寶後腰，輕輕躍進宮去。

韋小寶低聲道：「這邊過去是樂壽堂和養性殿，師太你想瞧甚麼地方？」白衣尼沉吟道：「甚麼地方都瞧瞧。」向西從樂壽堂和養性殿之間穿過，繞過一道長廊，經玄穹寶殿、景陽宮、鍾粹宮而到了御花園中。

白衣尼雖在黑暗之中，仍行走迅速，轉彎抹角，竟沒絲毫遲疑，遇到侍衛和更夫巡查，便在屋角或樹林後一躲。韋小寶大奇：「她怎地對宮中情形如此熟悉？她以前定是在宮裏住過的。」

跟著她過御花園，繼續向西，出坤寧門，來到坤寧宮外。白衣尼微一躊躇，問道：「皇后是不是住在這裏？」韋小寶道：「皇上還沒大婚，沒有皇后。從前太后住在這裏，現今搬到慈寧宮去了。眼下坤寧宮沒人住。」白衣尼道：「咱們去瞧瞧。」來到坤寧宮外，伸手按上窗格，微一使勁，窗閂嗤嗤輕響，已然斷了，拉開窗子，躍了進去。韋小寶跟著爬進。

坤寧宮是皇后寢宮，韋小寶從沒來過，這寢宮久無人住，觸鼻一陣灰塵霉氣。月光從窗紙中映進一些微光，依稀見到白衣尼坐在床沿之上，一動也不動。過了一會，聽得撲簌簌之聲，卻是她眼淚流上了衣襟。

韋小寶心道：「是了，她多半跟陶姑姑一樣，本來是宮裏的宮女，服侍過前朝皇后。」只見她抬頭瞧著屋樑，低聲道：「周皇后，就是……就是在這裏自盡死的。」韋小寶應道：「是。」心下更無懷疑，低聲問道：「師太，你要不要見見我姑姑？」

白衣尼奇道：「你姑姑？她是甚麼人？」韋小寶道：「我姑姑姓陶，叫作陶紅英……」白衣尼輕聲驚呼：「紅英？」韋小寶道：「是啊，說不定你認識她。我姑姑從前是服侍崇禎皇帝長公主的。」

白衣尼道：「好，好！她在那裏？你快……快去叫她來見我。」她一直泰然自若，即便那日在清涼寺中行刺康熙，儘管行動迅捷，仍不失鎮靜，可是此刻語音中竟顯得十分焦急。

韋小寶道：「今晚是叫不到了。」白衣尼連問：「爲甚麼？爲甚麼？」韋小寶道：「我姑姑忠於大明，曾行刺韃子太后，可惜刺她不死，只好在宮裏躲躲藏藏。她要見到我的暗號之後，明晚才能相見。」

白衣尼道：「很好，紅英這丫頭有氣節。你做甚麼暗號？」韋小寶道：「我跟姑姑約好的。我在火場上堆一個石堆，插一根木條，她便知道了。」

白衣尼道：「咱們就做暗號去。」躍出窗外，拉了韋小寶的手，出隆福門，過永壽宮、體元殿、保華殿，向北來到火場。韋小寶拾起一根炭條，在一塊木片上畫了隻雀兒，用亂石堆成一堆，將木條插入石堆。白衣尼忽道：「有人來啦！」

火場是宮中焚燒廢物的所在，深夜忽然有人到來，事非尋常。韋小寶一拉白衣尼的手，躲到了一隻大瓦缸之後，只聽得腳步聲細碎，一人奔將過來，站定身四下一看，見到了韋小寶所插的木條，微微一怔，便走過去拔起。這人一轉身，月光照到臉上，韋小寶見到正是陶紅英，心中大喜，叫道：「姑姑，我在這裏。」從瓦缸後走了出來。

陶紅英搶上前來，一把摟住了他，喜道：「好孩子，你終於來了。每天晚上，我都到這裏來瞧瞧，只盼早日見到你的記號。」韋小寶道：「姑姑，有一個人想見你。」陶紅英微感詫異，放開了他身子，問道：「是誰？」

白衣尼站直身子，低聲道：「紅英，你……你還認得我麼？」

陶紅英沒想到瓦缸後另有別人，吃了一驚，退後三步，右手在腰間一摸，拔短劍在手，道：「是……是誰？」白衣尼嘆了口氣，道：「原來你不認得我了。」陶紅英道：「我……我見不到你臉，你……你是……」

白衣尼身子微側，讓月光照在她半邊臉上，低聲道：「你相貌也變了很多啦。」

陶紅英顫聲道：「你是……你是……」突然擲下短劍，叫道：「公主，是你？我……我……」撲過去抱住白衣尼的腿，伏在地下，嗚咽道：「公主，今日能再見到你，我……我便即刻死了，也……也歡喜得緊。」

一聽得「公主」二字，韋小寶這一下驚詫自是非同小可，但隨即想起陶紅英先前說過的往事：她是前朝宮中的宮女，一直服侍長公主，李闖攻入北京後，崇禎提劍要殺長公主，砍斷了她手臂，陶紅英在混亂中暈了過去，醒轉來時，皇帝和公主都已不見。韋小寶向白衣尼望了一眼，心想：「她少了一條手臂，對宮中情形這樣熟悉，又在坤寧宮中哭泣，我早該想到了。似她這等高貴模樣，怎能會是宮女？我到這時候才知，真是大大的蠢才。不過她比建寧公主，可又華貴美麗得多了。」

只聽白衣尼道：「這些日子來，你一直都在宮裏？」陶紅英嗚咽道：「是。」白衣尼道：「這孩子說，你曾行刺韃子皇太后，那很好。可……可也難為你了。」說到這裏，淚水不禁涔涔而下。陶紅英道：「公主是萬金之體，不可在這裏躭擱。奴婢即刻送公主出宮。」白衣尼嘆了口氣，道：「我早已不是公主了。」陶紅英道：「不，不，在奴婢心裏，你永遠是公主，是我的長公主。」

白衣尼淒然一笑。月光之下，她臉頰上淚珠瑩然，這一笑更顯淒清。她緩緩的道：「寧壽宮這會兒有人住麼？我想去瞧瞧。」陶紅英道：「寧壽宮……現今是……是韃子的建寧公主住著。不過這幾天韃子皇帝、太后和公主都不在宮裏，不知上那裏去了。寧壽宮只餘下幾個宮女太監。待奴婢去把他們殺了，請公主過去。」寧壽宮是公主的寢宮，正是這位大明長平公主的舊居。

白衣尼道：「那也不用殺人，我們過去瞧瞧便是。」陶紅英道：「是。」她不知長平公主已身負超凡入聖的武功，只道是韋小寶帶著她混進宮來的。她乍逢故主，滿心激動，別說公主不過是要去看看舊居，就是刀山油鍋，也毫不思索的搶先跳了。

當下三人向北出西鐵門，折而向東，過順貞門，經北五所、茶庫，來到寧壽宮外。

陶紅英低聲道：「待奴婢進去驅除宮女太監。」白衣尼道：「不用。」伸手推門，門閂輕輕一響的斷了，宮門打開，白衣尼走了進去。雖換了朝代，宮中規矩並無多大更改，寧壽宮是白衣尼的舊居，她熟知太監宮女住宿何處，不待衆人驚覺，已一一點了各人暈穴，來到公主寢殿。陶紅英又驚又喜，道：「公主，想不到你武功如此了得！」

白衣尼坐在床沿之上，回思二十多年前的往事，自己曾在這裏圖繪一人的肖像，又曾與此人同被共枕。現今天下都給韃子佔了去，自己這間臥室，也給韃子公主佔住了，那人更遠在絕域萬里之外，今生今世，再也難以相見……（按：大明長平公主之事，請參閱拙作《碧血劍》。）

陶紅英和韋小寶侍立在旁，默不作聲。過了好一會，白衣尼輕聲嘆息，幽幽的道：「點起燭火。」陶紅英道：「是。」點燃了蠟燭，只見牆壁上、桌椅上，都是刀劍皮鞭之類的兵器，便如是個武人的居室，那裏像是金枝玉葉的公主寢宮。

白衣尼道：「原來這公主也生性好武。」

韋小寶道：「這韃子公主的脾氣很怪，不但喜歡打人，還喜歡人家打她，武功卻稀鬆平常，連我也不如。」他向床上瞧了一眼，想起那日躲在公主被中，給太后抓住，若不是那枚五龍令掉了出來，此刻早在陰世做小太監、服侍閻羅王的公主了。

白衣尼輕聲道：「我那些圖畫、書册，都給她丟掉了？」陶紅英道：「是。這番邦女子只怕字也認不得幾個，懂得甚麼丹青圖書？」

白衣尼左手一抬，袖子微揚，燭火登時滅了，說道：「你跟我出宮去罷。」

陶紅英道：「是。」又道：「公主，你身手這樣了得，如能抓到韃子太后，逼她將那幾部經書交了出來，便可破了韃子的龍脈。」

白衣尼道：「甚麼經書？韃子的龍脈？」陶紅英當下簡述八部《四十二章經》的來歷。白衣尼默默的聽完，沉吟半晌，說道：「這八部經書之中，倘若當眞藏著這麼個大秘密，能破得韃子的龍脈，自然再好不過。等韃子皇太后回宮，我們再來。」

三人出得寧壽宮，仍從北十三排之側城牆出宮，回到客店宿歇。陶紅英和白衣尼住在一房，事隔二十多年，今晚竟得再和故主同室而臥，喜不自勝，這一晚那裏能再睡得著？

韋小寶卻想：「五部經書在我手裏，有一部在皇上那裏，另外兩部卻不知在那裏。這位公主師太要逼老婊子交出經書，她是交不出的，正好三言兩語，攛掇公主師太殺了她，拔了皇上和我的眼中釘。」

此後數日，白衣尼和陶紅英在客店中足不出戶，韋小寶每日裏出去打聽，皇上是否已經回宮。到第七日上午，見康親王、索額圖、多隆等人率領大批御前侍衛，擁衛著幾輛大轎子入宮，知皇上已回。果然過不多時，一羣羣親王貝勒、各部大臣陸續進宮，自是去恭叩聖安。韋小寶回到客店告知。

白衣尼道：「很好，今晚我進宮去。韃子皇帝已回，宮中守衛必比上次嚴密數倍，你們二人在客店裏等著我便是。」韋小寶道：「公主師太，我跟你去。」陶紅英也道：「奴婢想隨著公主。奴婢和這孩子熟知宮中地形，不會有危險的。」她既和故主重逢，說甚麼也不肯再離她一步了。白衣尼點頭允可。

當晚三人自原路入宮，來到太后所住的慈寧宮外。四下裏靜悄悄地，白衣尼帶著二人繞到宮後，抓住韋小寶後腰越牆而入，落地無聲。陶紅英躍下之時，白衣尼左手衣袖在她腰間一托，她落地時便也一無聲息。韋小寶指著太后寢宮的側窗，打手勢示意太后住於該處，領著二人走入後院。那是慈寧宮宮女的住處。只見三間屋子的窗中透出淡淡黃光。白衣尼自一間屋子的窗縫中向內張望，見十餘名宮女並排坐在櫈上，每人低頭垂眉，猶似入定一般。她輕輕掀開簾子，逕自走進太后寢殿。韋小寶和陶紅英跟了進去。

桌上明晃晃的點著四根紅燭，房中一人也無。陶紅英低聲道：「婢子曾劃破三口箱子，抽屜中也全找過了，還沒見到經書影子，韃子太后和那個假宮女就進來了……啊喲，有人來啦！」

韋小寶一扯她衣袖，忙躲到床後。白衣尼點點頭，和陶紅英跟著躲在床後。

只聽房外一個女子聲音說道：「媽，我跟你辦成了這件事，你賞我甚麼？」正是建寧公主。聽得太后道：「媽差你做些小事，也要討賞。真不成話！」兩人說著話，走進房來。

建寧公主道：「啊喲，這還是小事嗎？皇帝哥哥查問起來，知道是我拿的，非大大生氣不可。」太后坐了下來，道：「一部佛經，又有甚麼大不了？我們去五台山進香，爲的是求菩薩保祐，回宮之後，仍要誦經唸佛，菩薩這才歡喜哪。」公主道：「既然沒甚麼大不了，我就跟皇帝哥哥說去，說你差我拿了這部《四十二章經》，用來誦經唸佛，求菩薩保祐他國泰民安，皇帝哥哥萬歲萬歲萬萬歲。」

韋小寶心中喜道：「妙極，原來你差公主去偷經書。」轉念一想，又覺運氣不好，這次倘若不是和白衣尼同來，這部經書大可落入自己手中，現下卻沒指望了。

太后道：「你去說好了。皇帝如來問我，我說不知道這回事。小孩子家胡言亂語，也作得準的？」建寧公主叫道：「啊喲，媽，你想賴麼？經書明明在這裏。」太后嗤的一笑，道：「那也容易，我丟在爐子裏燒了便是。」公主笑道：「算了，算了，我總說不過你。小氣的媽，你不肯賞也罷了，卻來欺侮女兒。」太后道：「你甚麼都有了，又要我賞甚麼？」

公主道：「我甚麼都有了，就是差了一件。」太后道：「差甚麼？」公主道：「差了個陪我玩兒的小太監。」太后又是一笑，說道：「小太監，宮裏幾百個小太監，你愛差那個陪你玩，就叫那一個，還嫌少了？」公主道：「不，那些小太監笨死啦，都不好玩。我要皇帝哥哥身邊的那個小桂子……」

韋小寶心中一震：「這死丫頭居然還記著我。陪她玩這件差事可不容易幹，一不小心，便送了老子的一條老命。」只聽公主續道：「我問皇帝哥哥，他說差小桂子出京辦事去了。可是這麼久也不回來。媽，你去跟皇帝說，要他將小桂子給了我。」

韋小寶肚裏暗罵：「鬼丫頭倒想得出，老子落入了你手裏，全身若不是每天長上十七八個大傷口，老子就跟你姓。啊喲，公主姓甚麼？公主跟小皇帝是一樣的姓，小皇帝卻又姓甚麼？老子當眞胡塗，這可不知道。」

太后道：「皇帝差小桂子去辦事，你可知去了那裏？去辦甚麼事？」建寧公主道：「這個我倒知道。聽侍衛們說，小桂子是在五台山上。」

太后「啊」的一聲，輕聲驚呼，道：「他……便在五台山上？這一次咱們怎地沒見到他？」公主道：「我也是回宮之後，才聽侍衛們說起的，可不知皇帝哥哥派他去五台山幹甚麼。聽侍衛們說，皇帝哥哥又升了他的官。」

太后嗯了一聲，沉思半晌，道：「好，等他回宮，我跟皇帝說去。」語音冷淡，似乎心思不屬，又道：「不早了，你回去睡罷。」

公主道：「媽，我不回去，我要陪你睡。」太后道：「又不是小娃娃啦，怎不回自己屋裏去？」公主道：「我屋裏鬧鬼，我怕！」太后道：「胡說，甚麼鬧鬼？」公主道：「媽，眞的。我宮裏的太監宮女們都說，前幾天夜裏，每個人都讓鬼給迷了，一覺直睡到第二天中午才醒，個個人都做惡夢。」太后道：「那有這等事，別聽奴才們胡說。我們不在宮裏，奴才們心裏害怕，便疑神疑鬼的。快回去罷。」公主不敢再說，請了安退出。

太后坐在桌邊，一手支頤，望著燭火呆呆出神，過了良久，一轉頭間，突然見到牆上兩個人影，隨著燭燄微微顫動。她還道是眼花，凝神再看，果然是兩個影子。一個是自己的，另一個影子和自己的影子並列。這一驚非同小可，想到自己過去害死了的人命，不由得全身寒毛直豎，饒是一身武功，竟不敢回過頭來。

過了好一會，想起：「鬼是沒影子的，有影子的就不是鬼。」可是屏息傾聽，身畔竟沒第二人的呼吸聲，只嚇得全身酸軟，動彈不得，瞪視著牆上兩個影子，幾欲暈去。突然之間，聽到床背後有人輕聲呼吸，心中一喜，轉過頭來。

只見一個白衣尼姑隔著桌子坐在對面，一雙妙目凝視著自己，容貌清秀，神色木然，一時也看不出是人是鬼。太后顫聲道：「你……你是誰？為……為甚麼在這裏？」

白衣尼不答，過了片刻，冷冷的道：「你是誰？為甚麼在這裏？」

太后聽到她說話，驚懼稍減，說道：「這裏是皇宮內院，你……你好大膽！」白衣尼冷冷的道：「不錯，這裏是皇宮內院，你是甚麼東西？大膽來到此處？」太后怒道：「我是皇太后，你是何方妖人？」

白衣尼伸出右手，按在太后面前那部《四十二章經》上，慢慢拿過。太后喝道：「放手！」呼的一掌，向她面門擊去。白衣尼右手翻起，和她對了一掌。太后身子一晃，離椅而起，低聲喝道：「好啊，原來是個武林高手。」既知對方是人非鬼，懼意盡去，撲上來呼呼呼呼連擊四掌。白衣尼坐在椅上，並不起立，先將經書往懷中一揣，舉掌將她攻來的四招一一化解。太后見她取去經書，驚怒交集，催動掌力，霎時間又連攻了七八招。白衣尼一一化解，始終不加還擊。太后伸手在右腿上一摸，手中已多了一柄寒光閃閃的短刃。

韋小寶凝神看去，見太后手中所握的是一柄白金點鋼蛾眉刺，當日殺海大富用的便是此物。她兵刃在手，氣勢一振，接連向白衣尼戳去，只聽得風聲呼呼，掌劈刺戳，寢宮中一條條白光急閃。韋小寶低聲道：「我出去喝住她，別傷了師太。」陶紅英一把拉住，低聲道：「不用！」

但見白衣尼仍穩坐椅上，右手食指東一點、西一戳，將太后凌厲的攻勢一一化解。太后倏進倏退，忽而躍起，忽而伏低，迅速已極，掌風將四枝蠟燭的火燄逼得向後傾斜，突然間房中一暗，四枝燭火熄了兩枝，更拆數招，餘下兩枝也都熄了。

黑暗中只聽得掌風之聲更響，夾著太后重濁的喘息之聲。忽聽白衣尼冷冷的道：「你身爲皇太后，這些武功是那裏學來的？」太后不答，仍竭力進攻，突然啪啪啪啪四下清脆之聲，顯是太后臉上給打中了四下耳光，跟著她「啊」的一聲叫，聲音中充滿著憤怒與驚懼，騰的一響，登時房中更無聲音。

黑暗中火光一閃，白衣尼手中已持著一條點燃了的火摺，太后卻直挺挺的跪在她身前，一動也不動。韋小寶大喜，心想：「今日非殺了老婊子不可。」

只見白衣尼將火摺輕輕向上一擲，火摺飛起數尺，左手衣袖揮出，那火摺爲袖風所送，緩緩飛向蠟燭，竟將四枝蠟燭逐一點燃，便如有一隻無形的手在空中拿住一般。白衣尼衣袖向裏一招，一股吸力將火摺吸了回來，伸右手接過，輕輕吹熄了，放入懷中。只將韋小寶瞧得目瞪口呆，佩服得五體投地。

太后遭點中穴道，跪在地下，一張臉忽而紫脹，忽而慘白，低聲怒道：「你快把我殺了，這等折磨人，不是高人所爲。」白衣尼道：「你一身蛇島武功，這可奇了。一個深宮中的貴人，怎會和神龍教拉上了干係？」

韋小寶暗暗咋舌，心想這位師太無事不知，以後向她撒謊，可要加倍留神。

太后道：「我不知神龍教是甚麼。我這些微末功夫，是宮裏一個太監教的。」白衣尼道：「太監？宮裏的太監，怎會跟神龍教有關？他叫甚麼名字？」太后道：「他叫海大富，早已死了。」韋小寶肚裏大笑，心道：「老婊子胡說八道之至。倘若她知我躲在這裏，可不敢撒這漫天大謊了。」

白衣尼沉吟道：「海大富？沒聽見過這一號人物。你剛才向我連拍七掌，掌力陰沉，那是甚麼掌法？」太后道：「我師父說，這是武當派功夫，叫作……叫作柔雲掌。」白衣尼搖頭道：「不是，這是『化骨綿掌』。武當派名門正派，怎能有這等陰毒功夫？」太后道：「師太說得是。那是我師父說的，我……我可不知。」她見白衣尼武功精深，見聞廣博，心中越來越敬畏，言語中便也越加客氣。

白衣尼道：「你用這路掌法傷過多少人？」太后道：「我……晚輩生長深宮，習武只爲了強身，從來沒傷過一個人。」韋小寶心道：「不要臉，大吹法螺，不用本錢。」只聽她又道：「師太明鑒，晚輩有人保護，一生之中，從沒跟人動過手，今晚遇上師太，那是第一次。晚輩所學的武功，原來半點也沒用。」白衣尼微微一笑，道：「你的武功，也算挺不差的了。」

太后道：「晚輩是井底之蛙，今日若不見到師太的絕世神功，豈知天地之大。」白衣尼唔了一聲，問道：「那太監海大富幾時死的？是誰殺了他的？」太后道：「他……他逝世多年，是年老病死的。」白衣尼道：「你自身雖未作惡，但你們滿洲韃子佔我大明江山，逼死我大明天子。你是第一個韃子皇帝的妻子，第二個韃子皇帝的母親，卻也容你不得。」

太后大驚，顫聲道：「師……師太，當今皇帝不是晚輩生的。他的親生母親是孝康皇后，早已死了。」白衣尼點頭道：「原來如此。可是你身為順治之妻，他殘殺我千千萬萬漢人百姓，何以你未有一言相勸？」太后道：「師太明鑒，先帝只寵那狐媚子董鄂妃，晚輩當年要見先帝一面也難，實在無從勸起。」白衣尼沉吟片刻，道：「你說的話也不無道理。今日我不來殺你……」太后道：「多謝師太不殺之恩，晚輩今後必定日日誦經唸佛。那……那部佛經，請師太賜還了罷。」

白衣尼道：「這部《四十二章經》，你要來何用？」太后道：「晚輩虔心禮佛，今後有生之年，日日晚晚都要唸經。」白衣尼道：「《四十二章經》是十分尋常的經書，不論那一所廟宇寺院之中，都有十部八部，何以你非要這部不可？」太后道：「師太有所不知。這部經書是先帝當年日夕誦讀的，晚輩不忘舊情，對經如對先帝。」白衣尼道：「那就不是了。誦經禮佛之時，須當心中一片空明，不可有絲毫情緣牽纏。你一面唸經，一面想著死去的丈夫，復有何用？」太后道：「多謝師太指點。只是……只是晚輩愚魯，解脫不開。」

白衣尼雙眼中突然神光一現，問道：「到底這部經書之中，有甚麼古怪，你給我從實說來。」太后道：「實在……實在是晚輩一片痴心。先帝雖然待晚輩不好，可是我始終忘不了他，每日見到這部經書，也可稍慰思念之苦。」

白衣尼嘆道：「你既執迷不悟，不肯實說，那也由得你。」左手衣袖揮動，袖尖在她身上一拂，遭封的穴道登時解了。太后道：「多謝師太慈悲！」磕了個頭，站起身來。

白衣尼道：「我也沒甚麼慈悲。你那『化骨綿掌』打中在別人身上，那便如何？」太后道：「那太監沒跟我說過，只說這路掌法很是了得，天下沒幾人能抵擋得住。」

白衣尼道：「嗯，適才你向我拍了七掌，我也沒抵擋，只是將你七招『化骨綿掌』的掌力盡數送了回去，從何處來，回何處去。這掌力自你身上而出，回到你身上。這惡業是你自作，自作自受，須怪旁人不得。」

太后不由得魂飛天外。她自然深知「化骨綿掌」的厲害，身中這掌力之後，全身骨骸酥化，寸寸斷絕，終於遍體如綿，欲抬一根小指頭也不可得。當年她以此掌力拍死貞妃和孝康皇后，二人臨死時的慘狀，自己親眼目睹。這白衣尼武功如此了得，而將敵人掌力逼回敵身，亦爲武學中所常有，此言自非虛假，這便似有人將七掌「化骨綿掌」拍在自己身上。適才出手，唯恐不狠，實已竭盡平生之力，只一掌便已禁受不起，何況連拍七掌？霎時間驚懼到了極處，跪倒在地，叫道：「求師太救命。」

白衣尼嘆了口氣，道：「業由自作，須當自解，旁人可無能爲力。」太后磕頭道：「還望師太慈悲，指點一條明路。」白衣尼道：「你事事隱瞞，不肯吐實。明路好端端的就擺在你眼前，自己偏不願走，又怨得誰來？我縱有慈悲之心，也對我們漢人同胞施去。你是韃子貴人，跟我有深仇大恨，今日不親手取你性命，已是慈悲之極了。」說著站起身來。

太后心知時機稍縱即逝，此人一走，自己數日間便會死得慘不堪言，貞妃和孝康皇后臨死時痛楚萬狀、輾轉床笫的情景，霎時之間都現在眼前，不由得全身發顫，叫道：「師……師太，我不是韃子，我是，我是……」白衣尼問道：「你是甚麼？」太后道：「我是，我是……漢人。」白衣尼冷笑道：「到這當兒還在滿口胡言。韃子皇后那有由漢人充任之理？」太后：「我不是胡言。當今皇帝的親生母親佟佳氏，她父親佟圖賴是漢軍旗的，就是漢人。」白衣尼道：「她是母以子貴，聽說本來只是妃子，並不是皇后。她從來沒做過皇后，兒子做了皇帝之後，才追封她爲皇太后。」

太后俯首道：「是。」見白衣尼舉步欲行，急道：「師太，我眞的是漢人，我……我恨死了韃子。」白衣尼道：「那是甚麼緣故？」太后道：「這是一個天大的秘密，我……我原是不該說的，不過……不過……」白衣尼道：「既不該說，就不用說了。」

太后這當兒當眞是火燒眉毛，只顧眼下，其餘一切都顧不得了，一咬牙，說道：「我這太后是假的，我……我不是太后！」

此言一出，白衣尼固然一愕，躲在床後的韋小寶更大吃一驚。

白衣尼緩緩坐入椅中，問道：「怎麼是假的？」太后道：「我父母爲韃子所害，我恨死了韃子，我被逼入宮做宮女，服侍皇后，後來……後來，我假冒了皇后。」

韋小寶越聽越奇，心道：「這老婊子撒謊的膽子當眞不小，這等怪話也敢說。乖乖龍的東，老婊子還沒入我白龍門，已學全了掌門使小白龍的吹牛功夫。我入宮假冒小太監，難道她也是入宮假冒皇后？」

只聽太后又道：「眞太后是滿洲人，姓博爾濟吉特，是科爾沁貝勒的女兒。晚輩的父親姓毛，是浙江杭州的漢人，便是大明大將軍毛文龍。晚輩名叫毛東珠。」白衣尼一怔，問道：「你是毛文龍的女兒？當年鎭守皮島的毛文龍？」太后道：「正是。我爹爹和韃子連年交戰，後來給袁崇煥大帥所殺。其實……其實那是由於韃子的反間計。」白衣尼哦了一聲，道：「這倒是奇聞了。你怎能冒充皇后，這許多年竟會不給發覺？」

太后道：「晚輩服侍皇后多年，她的說話聲調、舉止神態，給我學得維肖維妙。我這副面貌，也是假的。」說著走到妝台之側，拿起一塊錦帕，在金盒中浸濕了，在臉上用力擦洗數下，又在雙頰上撕下兩塊人皮一般的物事來，登時相貌大變，本來胖胖的一張圓臉，忽然變成了瘦削的瓜子臉，眼眶下面也凹了進去。

白衣尼「啊」的一聲，甚感驚異，說道：「你相貌果然大大不同了。」沉吟片刻，道：「可是要假冒皇后，畢竟不是易事。難道你貼身的宮女會認不出？連你丈夫也認不出？」太后道：「我丈夫？先帝只寵愛狐媚子董鄂妃一人，這些年來，他從來沒在皇后這裏住過一晚。眞皇后他一眼都不瞧，假皇后他自然也不瞧。」這幾句話語氣甚是苦澀，又道：「別說我假扮得甚像，就算全然不像，他……他……哼，他又怎會知道？」

白衣尼微微點頭，又問：「那麼服侍皇后的太監宮女，難道也都認不出來？」太后道：「晚輩一制住皇后，便讓她將坤寧宮的太監宮女盡數換了新人。我極少出外，偶爾不得不出去，宮裏規矩，太監宮女們也不敢正面瞧我，就算遠遠偷瞧一眼，又怎分辨得出眞假？」

白衣尼忽然想起一事，說道：「不對。你說老皇帝從不睬你，可是……可是你卻生下了一個公主。」太后道：「這個女兒不是皇帝生的。他父親是漢人，有時偷偷來到宮裏和我相會，便假扮了宮女。這人……他不久之前不幸……不幸病死了。」

陶紅英捏了捏韋小寶的手掌，兩人均想：「假扮宮女的男子倒確是有的，只不過不是病死而已。」韋小寶又想：「怪不得公主如此野蠻胡鬧，原來是那個假宮女所生的雜種。老皇爺慈祥溫和，生的女兒決不會這樣。」

白衣尼心想：「你忽然懷孕生女，老皇帝若沒跟你同房，怎會不起疑心？」只是這種居室之私，她處女出家，既不明就裏，也問不出口，尋思：「這人既處心積慮的假冒皇后，一覺懷孕，總有法子遮掩，那也不必細查。」搖了搖頭，說道：「你的話總是不盡不實。」

太后急道：「前輩，連這等十分可恥之事，我也照實說了，餘事更加不敢隱瞞。」白衣尼道：「如此說來，那眞太后是給你殺了。你手上沾的血腥卻也不少。」太后道：「晚輩誦經拜佛，雖對韃子心懷仇恨，卻不敢胡亂殺人。眞太后還好端端的活著。」

這句話令床前床後三人都大出意料之外。白衣尼道：「她還活著？你不怕洩漏秘密？」

太后走到一張大掛氈之前，拉動氈旁的羊毛繩子，掛氈慢慢捲了上去，露出兩扇櫃門。太后從懷裏摸出一枚黃金鑰匙，開了櫃上暗鎖，打開櫃門，只見櫃內橫臥著一個女人，身上蓋著錦被。白衣尼輕輕一聲驚呼，問道：「她……她便是眞太后？」

太后道：「前輩請瞧她相貌。」說著手持燭台，將燭光照在那女子臉上。白衣尼見那女子容色憔悴，更無半點血色，但相貌確與太后除去臉上化裝之前甚爲相似。

那女子微微將眼睜開，隨即閉住，低聲道：「我不說，你……你快將我殺了。」

太后道：「我從來不殺人，怎會殺你？」說著關上櫃門，放下掛氈。

白衣尼道：「你將她關在這裏，已關了許多年？」太后道：「是。」白衣尼道：「你逼問她甚麼事？只因她堅決不說，這才得以活到今日。她一說了出來，你立時便將她殺了，是不是？」

太后道：「不，不。晚輩知道佛門首戒殺生，平時常常吃素，決不會傷她性命。」白衣尼哼了一聲，道：「你當我是三歲孩童，不明白你心思？這人關在這裏，時時刻刻都有危險，你不殺她，必有重大圖謀。倘若她在櫃內叫嚷起來，豈不立時敗露機關？」

太后道：「她不敢叫的，我對她說，這事要是敗露，我首先殺了老皇帝。後來老皇帝死了，我就說要殺小皇帝。這韃子女人對兩個皇帝忠心耿耿，決不肯讓他們受到傷害。」白衣尼道：「你到底逼問她甚麼話？她不肯說，你幹麼不以皇帝的性命相脅？」太后道：「她說我倘若害了皇帝，她立即絕食自盡。她所以不絕食，只因我答允不加害皇帝。」

白衣尼尋思：眞假太后一個以絕食自盡相脅，一個以加害皇帝相脅，各有所忌，相持多年，形成僵局。按理說，眞太后如此危險的人物，便一刻也留不得，殺了之後，尚須將屍骨化灰，不留半絲痕跡，居然仍讓她活在宮中，自是因爲她尚有一件重要秘密，始終不肯吐露之故，而秘密之重大，也就可想而知。問道：「我問你的那句話，你總是東拉西扯，迴避不答，你到底逼問她說甚麼秘密？」

太后道：「是，是。這是關涉韃子氣運盛衰的一個大秘密。韃子龍興遼東，佔了我大明天下，自是因爲他們祖宗的風水奇佳。晚輩得知遼東長白山中，有一道愛新覺羅氏的龍脈，只須將這道龍脈掘斷了，我們非但能光復漢家山河，韃子還得盡數覆滅於關內。」

白衣尼點點頭，心想這話倒與陶紅英所說無甚差別，問道：「這道龍脈在那裏？」

太后道：「這就是那個大秘密了。那時晚輩是服侍皇后的宮女，偷聽到先帝和皇后的說話，卻沒能聽得全。我只想查明了這件大事，邀集一批有志之士，去長白山掘斷龍脈，我大明天下就可重光了。」

白衣尼沉吟道：「風水龍脈之事，事屬虛無縹緲，殊難入信。我大明失卻天下，是因歷朝施政不善，苛待百姓，以致官逼民反。這些道理，直到近年來我周遊四方，這才明白。」

太后道：「是，師太洞明事理，自非晚輩所及。不過爲了光復我漢家山河，那風水龍脈之事，也是寧可信其有，不可信其無。若能掘了龍脈，最糟也不過對韃子一無所損，倘若此事當眞靈驗，豈不是能拯救普天下千千萬萬百姓於水深火熱之中？」

白衣尼矍然動容，點頭道：「你說得是。到底是否具有靈效，事不可知，就算無益，也絕無所損。只須將此事宣告天下，韃子君臣深信風水龍脈之說，他們心中先自餒了，咱們圖謀復國，大夥兒又多了一份信心。你逼問這眞太后的，就是這個秘密？」

太后道：「正是。但這賤人知道此事關連她子孫基業，寧死不肯吐露，不論晚輩如何軟騙硬嚇，這些年來出盡了法子，她始終寧死不說。」

白衣尼從懷中取出那部《四十二章經》，道：「你是要問她，其餘那幾部經書是在何處？」太后嚇了一跳，倒退兩步，顫聲道：「你……你已知道了？」白衣尼道：「那個大秘密，便藏在這經書之中，你已得了幾部？」

太后道：「師太法力神通，無所不知，晚輩不敢隱瞞。本來我已得了三部，第一部是先帝賜給董鄂妃的，她死之後，就在晚輩這裏了。另外兩部，是從奸臣鰲拜家裏抄出來的。可是一天晚上有人入宮行刺，在我胸口刺了一刀，將這三部經書都盜去了。師太請看。」說著解開外衣、內衣和肚兜，露出胸口一個極大傷疤。

韋小寶一顆心怦怦大跳：「再查問下去，恐怕師太要疑心到我頭上來了。」

只聽白衣尼道：「我知道行刺你的是誰，可是這人並沒取去那三部經書。」她想這三部經書若爲陶紅英取去，她決不會隱瞞不說。

太后失驚道：「這刺客沒盜經書？那麼三本經書是誰偷去了？這……這可眞奇了。」白衣尼道：「說與不說，也全由得你。」太后道：「師太恨韃子入骨，又法力神通，這大秘密若能交在您手裏，由您老人家主持大局，去掘了韃子的龍脈，正是求之不得，晚輩如何會再隱瞞？再說，須得八部經書一齊到手，方能找到龍脈所在，現下有一部已在師太手中，晚輩就算另有三部，也一無用處。」

白衣尼冷冷的道：「到底你心中打甚麼主意，我也不必費心猜測。你既是皮島毛文龍之女，那麼跟神龍教定是淵源極深的了？」

太后顫聲道：「不，沒……沒有。晚輩……從來沒聽見過神龍教的名字。」

白衣尼向她瞪視片刻，道：「我傳你一項散功的法子，每日朝午晚三次，依此法拍擊樹木，連拍九九八十一日，或許可將你體內所中『化骨綿掌』的陰毒掌力散出。」太后大喜，跪倒叩謝。白衣尼當即傳了口訣，說道：「自今以後，你只須一運內力，出手傷人，全身骨骼立即寸斷，誰也救你不得了。」太后低聲應道：「是。」神色黯然。

韋小寶心花怒放：「此後見到老婊子，就算我沒五龍令，也不用再怕她了。」

白衣尼衣袖一拂，點了她暈穴，太后登時雙眼翻白，暈倒在地。

白衣尼低聲道：「出來罷。」韋小寶和陶紅英從床後出來。韋小寶道：「師太，這女人說話三分眞，七分假，相信不得。」白衣尼點頭道：「經書中所藏秘密，不單關及韃子龍脈，其中的金銀財寶，她便故意不提。」

韋小寶道：「我再來抄抄看。」假裝東翻西尋，揭開被褥，見到了暗格蓋板上的銅環，低聲喜呼：「經書在這裏了！」拉起暗格蓋板，見暗格中藏了不少珠寶銀票，卻無經書，嘆道：「沒有經書！珠寶有甚麼用？」白衣尼道：「把珠寶都取了。日後起義興復，在在都須用錢。」陶紅英將珠寶銀票包入一塊錦緞之中，交給白衣尼。

韋小寶心想：「老婊子這一下可大大破財了。」又想：「怎地上次暗格中沒珠寶銀票？是了，上次放了經書，放不下別的東西了，可惜，可惜。」

白衣尼向陶紅英道：「這女人假冒太后，多半另有圖謀。你潛藏宮中，細加查察。好在她武功已失，不足為懼。」陶紅英答應了，與舊主重會不久，又須分手，甚為戀戀不捨。

白衣尼帶了韋小寶越牆出宮，回到客店，取出經書查看。這部經書黃綢封面，正是順治皇帝命韋小寶交給康熙的。白衣尼揭開書面，見第一頁上寫著「永不加賦」四個大字，點了點頭，向韋小寶道：「你說韃子皇帝要『永不加賦』，這四字果然寫在這裏。」一頁頁的查閱下去。《四十二章經》的經文甚短，每一章只寥寥數行，只字體甚大，每一章才佔了一頁二頁不等。這些經文她早已熟習如流，從頭至尾的誦讀一遍，與原經無一字之差，再將書頁對準燭火映照，也不見有夾層字跡。

她沉思良久，見內文不過數十頁，上下封皮還比內文厚得多，忽然想起袁承志所述當年得到《金蛇秘笈》的經過，於是用清水浸濕封皮，輕輕揭開，只見裏面包著兩層羊皮，四邊密密以絲線縫合，拆開絲線，兩層羊皮之間藏著百餘片剪碎的極薄羊皮。

韋小寶喜叫：「是了，是了！這就是那個大秘密。」

白衣尼將碎片鋪在桌上，見每一片有大有小，有方有圓，或為三角，或作菱形，皮上繪有許多彎彎曲曲的朱線，另用黑墨寫著滿洲文字，只是圖文均已剪破，殘缺不全，百餘片碎皮各不相接，難以拼湊。韋小寶道：「原來每一部經書中都藏了碎皮，要八部經書都得到了，才拼成得一張地圖。」白衣尼道：「想必如此。」將碎皮放回原來的兩層羊皮之間，用錦緞包好，收入衣囊。

次日白衣尼帶了韋小寶，出京向西，來到昌平縣錦屏山思陵，那是安葬崇禎皇帝之所。陵前亂草叢生，甚是荒涼。白衣尼一路上不發一言，這時再也忍耐不住，伏在陵前大哭。

韋小寶也跪下磕頭，忽覺身旁長草一動，轉過頭來，見到一條綠色裙子。這條綠色裙子，韋小寶日間不知已想過了多少萬千次，夜裏做夢也不知已夢到了多少千百次，此時陡然見到，心中怦一跳，只怕又是做夢，一時不敢去看。

只聽得一個嬌嫩的聲音輕輕叫了一聲，說道：「終於等到了，我……我已在這裏等了三天啦。」接著一聲嘆息，又道：「可別太傷心了。」正是那綠衣女郎的聲音。

這一句溫柔的嬌音入耳，韋小寶腦中登時天旋地轉，歡喜得全身似已炸裂，一片片盡如《四十二章經》中的碎皮，有大有小，有方有圓，或爲三角，或作菱形，說道：「是，是，你已等了我三天，多謝，多謝。我……我聽你的話，我不傷心。」說著站起身來，一眼見到的，正是那綠衣女郎秀美絕倫的可愛容顏，只是她溫柔的臉色突然轉爲錯愕，立即又轉爲氣惱。

韋小寶笑道：「我可也想得你好苦……」話未說完，小腹上一痛，身子飛起，向後摔出丈餘，重重掉在地下，卻是給她踢了一腳。但見那女郎提起柳葉刀，往他頭上砍落，急忙一個打滾，啪的一聲，一刀砍在地下。

那女郎還待再砍，白衣尼喝道：「住手！」那女郎哇的一聲，哭了出來，拋下刀子，撲在白衣尼懷裏，叫道：「這壞人，他……他專門欺侮我。師父，你快把他殺了。」

韋小寶又驚又喜，又是沒趣，心道：「原來她是師太的徒弟，剛才那兩句話卻不是向我說的。」哭喪著臉慢慢坐起，尋思：「事到如今，我只有拚命裝好人，最好能騙得師太大發慈悲，作主將她配我爲妻。」走上前去，向那女郎深深一揖，說道：「小人無意中得罪了姑娘，還請姑娘大人大量，不要見怪。姑娘要打，儘管下手便是，只盼姑娘饒了小人性命。」

那女郎雙手摟著白衣尼，並不轉身，飛腿倒踢一腳，足踝正踢中韋小寶下頦。他「啊」的一聲，又向後摔倒，哼哼唧唧，一時爬不起身。

白衣尼道：「阿珂，你怎地不問情由，一見面就踢人兩腳？」語氣中頗有見責之意。

韋小寶一聽大喜，心想：「原來你名叫阿珂，終於給我知道了。」他隨伴白衣尼多日，知她喜人恭謹謙讓，在她面前，越吃虧越有好處，忙道：「師太，姑娘這兩腳原是該踢的，實在是我不對，眞難怪姑娘生氣。她便再踢我一千一萬腳，那也是小的該死。」爬起身來，雙手托住下顎，只痛得眼淚也流了出來。這倒不是做作，實在那一腳踢得不輕。

阿珂抽抽噎噎的道：「師父，這小和尚壞死了，他……他欺侮我。」白衣尼道：「他怎麼欺侮你？」阿珂臉上一紅，道：「他……欺侮了我很多……很多次。」

韋小寶道：「師太，總而言之，是我胡塗，武功又差。那一日姑娘到少林寺去玩……」白衣尼道：「你去少林寺？女孩兒家怎麼能去少林寺？」韋小寶心中又是一喜：「她去少林寺，原來不是師太吩咐的，那更加好了。」說道：「那不是姑娘自己去的，是她的一位師姊要去，姑娘拗不過她，只好陪著。」白衣尼道：「你又怎知道？」

韋小寶道：「那時我奉了韃子小皇帝之命，做他替身，在少林寺出家爲僧，見到另一位姑娘向少林寺來，姑娘跟在後面，顯然是不大願意。」

白衣尼轉頭問道：「是阿琪帶你去的？」阿珂道：「是。」白衣尼道：「那便怎樣？」阿珂道：「他們少林寺的和尙兇得很，說他們寺裏的規矩，不許女子入寺。」

韋小寶道：「是，是。這規矩實在要不得，爲甚麼女施主不能入寺？觀世音菩薩就是女的。」白衣尼道：「那便怎樣？」韋小寶道：「姑娘說，既然人家不讓進寺，那就回去罷。可是少林寺的四個知客僧很沒禮貌，胡言亂語，得罪了兩位姑娘，偏偏武功又差勁得很。」

白衣尼問阿珂道：「你們跟人家動了手？」

韋小寶搶著道：「那全是少林寺知客僧的不是，是我親眼目睹的。他們伸手去推兩位姑娘。師太你想，兩位姑娘是千金之體，怎能讓四個和尚的髒手碰到身上？兩位姑娘自然要閃身躲避，四個和尚毛手毛腳，自己將手腳碰在山亭柱子上，不免有點兒痛了。」

白衣尼哼了一聲，道：「少林寺武功領袖武林，豈有如此不濟的？阿珂，你出手之時，用的是那幾招手法？」阿珂不敢隱瞞，低頭小聲說了。白衣尼道：「你們將四名少林僧都打倒了？」阿珂向韋小寶望了一眼，恨恨的道：「連他是五個。」

白衣尼道：「你們膽子倒眞不小，上得少林寺去，將人家五位少林寺僧人的手足打脫了骱。」雙目如電，向她全身打量。阿珂嚇得臉孔更加白了。白衣尼見到她頸中一條紅痕，問道：「這一條刀傷，是寺中高手傷的？」

阿珂道：「不，不是。他……他……他……」抬頭向韋小寶白了一眼，突然雙頰暈紅，眼中含淚，道：「他……他好生羞辱我，弟子自己……揮刀勒了脖子，卻……卻沒死。」

白衣尼先前聽到兩名弟子上少林寺胡鬧，甚是惱怒，但見她頸中刀痕甚長，登生憐惜之心，問道：「他怎地羞辱你？」阿珂哇的一聲，哭了出來。

韋小寶道：「的的確確，是我大大不該，我說話沒上沒下，沒有分寸，姑娘只不過抓住了我，嚇我一跳，說要挖出我眼珠，又不是眞挖，偏偏我膽小沒用，嚇得魂飛天外，雙手反過來亂打亂抓，不小心碰到了姑娘身子，雖不是有意，總也難怪姑娘生氣。」

阿珂一張俏臉羞得通紅，眼光中卻滿是惱怒氣苦。

白衣尼問了幾句當時動手的招數，已明就理，說道：「這是無心之過，卻也不必太當眞了。」輕輕拍了拍阿珂肩頭，柔聲道：「他是個小小孩童，又是……又是個太監，沒甚麼要緊，你既已用『乳燕歸巢』那一招折斷了他雙臂，已罰過他了。」

阿珂眼中淚水不住滾動，心道：「他那裏是個小孩童了？他曾到妓院去做壞事。」但這句話卻也不敢出口，生怕師父追問，查知自己跟著師姊去妓院打人，心中一急，又哭了出來。

韋小寶跪倒在地，連連磕頭，說道：「姑娘，你心中不痛快，再踢我幾腳出氣罷。」阿珂頓足哭道：「我偏偏不踢。」韋小寶提起手掌，噼噼啪啪，在自己臉上連打幾個耳光，說道：「是我該死，是我該死。」

白衣尼微皺雙眉，說道：「這事也不算是你的錯。阿珂，咱們也不能太欺侮人了。」

阿珂抽抽噎噎的道：「是他欺侮我，把我捉了去，關在廟裏不放。」

白衣尼一驚，道：「有這等事？」韋小寶道：「是，是。是我知道自己不對，想討好姑娘，因此請了她進寺。我心裏想，這件事總是因姑娘想進少林寺逛逛而起，寺裏和尚不讓她進寺，難怪她生氣，因此……這就大了膽子，請了姑娘去般若堂玩玩，叫一個老和尚陪著姑娘說話解悶。」

白衣尼道：「胡鬧，胡鬧，兩個孩子都胡鬧。甚麼老和尚？」

韋小寶道：「是般若堂的首座澄觀大師，就是師太在清涼寺中跟他對過一掌的。」

白衣尼點頭道：「這位大師武功很了得啊。」又拍了拍阿珂肩頭，道：「好啊，這位大師武功既高，年紀又老，小寶請他陪你，也不算委屈了你。這件事就不用多說了。」

阿珂心想：「這小惡人實在壞得不得了，只是有許多事，卻又不便說，否則師父追究起來，師姊和我都落得有許多不是。」說道：「師父，你不知道，他……他……」

白衣尼不再理她，瞧著崇禎的墳墓只呆呆出神。

韋小寶向阿珂伸伸舌頭，扮個鬼臉。阿珂大怒，向他狠狠白了一眼。韋小寶只覺她就算生氣之時，也美不可言，心中大樂，坐在一旁，目不轉睛的欣賞她的神態，但見她從頭至腳，頭髮眉毛，連一根小指頭兒也美麗到了極處。

阿珂斜眼向他瞥了一眼，見他呆呆的瞧著自己，臉上一紅，扯了扯白衣尼的衣袖，投訴道：「師父，他……他在瞧我。」

白衣尼嗯了一聲，心中正自想著當年在宮中的情景，這句話全沒聽進耳裏。

這一坐直到太陽偏西，白衣尼還是不捨得離開父親的墳墓。韋小寶盼她就這樣十天半月的一直坐下去，只要眼中望著阿珂，就算不吃飯也不打緊。阿珂卻給他瞧得周身好生不自在，雖不去轉頭望他，卻知他一雙眼總是盯在自己身上，心裏一陣害羞，一陣焦躁，又一陣恚怒，心想：「這小惡人花言巧語，不知說了些甚麼謊話，騙得師父老護著他。一等師父不在，我非殺了他不可，拚著給師父狠狠責罰一場，也不能容得他如此辱我。」

又過了一個多時辰，天色漸黑，白衣尼嘆了口長氣，站起身來道：「咱們走罷！」

當晚三人在一家農家借宿。韋小寶知白衣尼好潔，吃飯時先將她二人的碗筷用熱水洗過，將她二人所坐的板櫈、吃飯的桌子抹得纖塵不染，又去抹床掃地，將她二人所住的一間房打掃得乾乾淨淨。他向來懶惰，如此勤力做事，實是生平從所未有。

白衣尼暗暗點頭，心想：「這孩子倒也勤快，出外行走，帶了他倒方便得多。」她十五歲前長於深宮，自幼給宮女太監服侍慣了，身遭國變後流落江湖，日常起居飲食自大不相同。韋小寶做慣太監，又盡心竭力的討好，竟令她重享舊日做公主之樂。白衣尼出家修行，於昔時豪華自早不放在心上，但每個人幼時如何過日子，一生深印腦中，再也磨滅不掉，她不求再做公主，韋小寶卻服侍得她猶似公主一般，自感愉悅。

晚飯過後，白衣尼問起阿琪的下落。阿珂道：「那日在少林寺外失散之後，就沒再見到師姊，只怕……只怕已給他害死了。」說著眼睛向韋小寶一橫。

韋小寶忙道：「那有此事？我見到阿琪姑娘跟蒙古的葛爾丹王子在一起，還有幾個喇嘛、吳三桂手下的一個總兵。」

白衣尼聽到吳三桂的名字，登時神色憤怒之極，怒道：「阿琪她幹麼跟這些不相干的人混在一起？」韋小寶道：「那些人來少林寺，大概剛好跟阿琪姑娘撞到。師太，你要找她，我陪著你，那就很容易找到了。」白衣尼道：「爲甚麼？」韋小寶道：「那些蒙古人、喇嘛，還有雲南的軍官，我都記得他們的相貌，只須遇上一個，就好辦了。」

白衣尼道：「好，那你就跟著我一起去找。」韋小寶大喜，忙道：「多謝師太。」白衣尼奇道：「你幫我去辦事，該當我謝你才是，你又謝我甚麼了？」韋小寶道：「我每日跟著師太，再也快活不過，最好永遠陪在師太身邊。就算不能，那也是多陪一天好一天。」白衣尼道：「是嗎？」她雖收了阿琪、阿珂兩人爲徒，但平素對這兩個弟子一直都冷冰冰地。二女對她甚爲敬畏，從來不敢吐露甚麼心事，那有如韋小寶這般花言巧語、甜嘴蜜舌？她雖性情嚴冷，這些話聽在耳中，畢竟甚是受用，不由得嘴角邊露出微笑。

阿珂道：「師父，他……他不是的……」她深知韋小寶熱心幫同去尋師姊，其實是爲了要陪著自己，甚麼「我每日跟著師太，再也快活不過，最好永遠陪在師太身邊」云云，其實他內心的眞意，該把「師太」兩字，換上了「阿珂」才是。

白衣尼向她瞪了一眼，道：「爲甚麼不是？你又怎知人家的心事？我以前常跟你說，江湖上人心險詐，言語不可盡信。但這孩子跟隨我多日，並無虛假，是可以信得過的。他小小孩童，豈能與江湖上的漢子一概而論？」

阿珂不敢再說，只得低頭應了聲：「是。」

韋小寶大喜，暗道：「阿珂好老婆，你老公自然與衆不同，豈能與江湖上的漢子一概而論？你聽師父的話，包你不吃虧。最多不過嫁了給我，難道我還捨得不要你嗎？放你一百二十個心。」

注：「帝子」是皇帝的兒女，通常指公主。《楚辭・九歌・湘夫人》：「帝子降兮北渚。」帝子是堯的女兒。馬懷素〈送金城公主適西番詩〉：「帝子今何在？重姻適異方。」

鹿鼎記(大字版) / 金庸作.　-- 二版.
-- 臺北市：遠流，2017.10
冊；公分. --(大字版金庸作品集；63–72)

ISBN 978-957-32-8144-3 (全套：平裝).

857.9　　　　　　　　　　　　106016891